KB055720

로크미디어가
유혹하는
재미있는 세상
ROK MEDIA
로크미디어

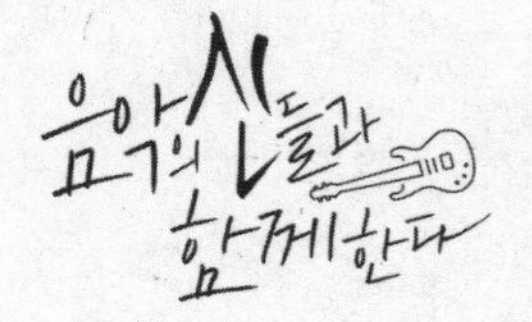
음악의 신들과 함께한다

음악의 신들과 함께한다 5

2020년 4월 9일 초판 1쇄 인쇄
2020년 4월 14일 초판 1쇄 발행

지은이 이한성
발행인 이종주

총괄 김정수
경영지원 배진경 임혜솔 송지유

기획 이기헌 왕소현 박경무
책임 편집 천기덕

발행처 (주)로크미디어
출판등록 2003년 3월 24일
주소 서울시 마포구 성암로 330 DMC첨단산업센터 318호, 319호
Tel (02)3273-5135 **편집** 070-7863-0307 **Fax** (02)3273-5134
홈페이지 rokmedia.com **E-mail** rokmedia@empas.com

값 8,000원

ISBN 979-11-354-5831-6 (5권)
ISBN 979-11-354-5826-2 04810 (세트)

음악의 신들과 함께한다

이한성 현대 판타지 장편소설

5

ROK MEDIA
로크미디어

contents

chapter. 1

스물두 살.

영국 출신의 아리엘라는 본래 파가니니 국제 콩쿠르에 참가할 마음이 없었다.

그녀는 자신의 바이올린에 자부심을 가지고 있었지만, 굳이 그것을 드러내야 할 필요성을 느끼지 못했기 때문.

그녀의 집안은 유복했다.

아리엘라는 그런 상황속에서 굳이 자신이 나서서 무언가를 해야 할 필요성을 느끼지 못하고 있었다.

금전적으로 부족함을 느끼지 못하니 돈을 벌어야겠다고 생각하기보다는 자신의 행복을 채워 나가는 즐거움을 찾아야겠다고 마음먹었기 때문이다.

지금까지는 그것이 음악이었고 바이올린이었기에 어릴 적부터 바이올린과 함께해 왔던 것뿐이다.

굳이 밖으로 나가 사회생활을 해야 하나 싶기도 했다.

그녀는 그냥 음악이 좋았을 뿐, 별로 사회에 나가고 싶은 마음도 없었으니까.

그런 그녀의 마음이 바뀐 것은 영상 하나 때문이었다.

고작해야 5분 정도 길이밖에 되지 않는 미튜브 영상 하나.

LA를 배경으로 바이올린 연주를 하고 있는 남자를 스마트폰으로 촬영한 동영상.

아리엘라는 그것을 보고 생각했다.

이 남자와 같이 연주를 해 보고 싶다고.

굳이 이 남자가 아니더라도, 세상에 나가면 이런 수준의 바이올리니스트가 많은 건가 하는 호기심도 있었다.

본격적으로 바이올리니스트로서 활동하며, 다른 이들과 함께 음악을 하면 그것도 즐겁지 않을까 하는 생각이었다.

아리엘라는 그 시작을 파가니니 국제 콩쿠르로 결정했다.

그녀의 부모님은 두 팔 벌려 아리엘라를 응원해 주었다.

어릴 적부터 그녀가 무엇을 하던 지지해 주던 부모님이었기에 어쩌면 당연했다.

물론 홀로 타지에 간다는 것을 걱정해 사람을 붙여 주기는 했지만, 어쨌든 아리엘라는 처음으로 부모님 없이 자신의 집을 떠나 먼 제노아까지 오게 되었다.

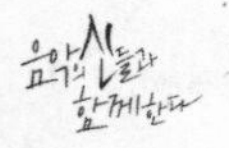

그리고 그녀는 그를 보았다.

덜컥 하고 심장이 내려앉는 듯한 기분이었다.

아리엘라는 순간 자신의 눈을 의심했다.

그저 바이올린 소리에 이끌리듯 갔고, 그럭저럭 나쁘지 않은 연주에 충동적으로 작은 돈이라도 주고 와야겠다는 생각으로 움직였던 것이다.

그런데 그녀와 같은 생각을 한 이가 있었는지, 맞은편에서 남자가 다가왔다.

그때까지만 해도 그녀는 그를 신경 쓰지 않았다.

자신이 꺼낸 돈만 통에 집어넣고 몸을 돌리려는 순간, 맞은편의 남자와 눈을 마주쳤다.

찰나의 순간 시선이 허공에서 얽혔다.

그녀는 몸을 돌렸다.

몸을 돌린 직후에서야 그녀는 알아차릴 수 있었다.

'그 남자다!'

영상에서 보았던 그 남자가 분명 맞았다.

수십 수백 번 본 영상이기에 그녀는 바로 알아차릴 수 있었다.

순간 많은 생각이 스쳐 지나갔다.

말을 걸어야 할까?

인사를 건네면서 밥이라도 한 끼 먹자고 할까?

하지만 그런 상상만 할 수 있었을 뿐, 그녀는 아무것도 하지 못하고 발걸음을 돌려야 했다.

아직 아리엘라는 바깥세상에 그리 익숙한 존재가 아니었으니까.

"여보세요?"

길을 건넌 한지혁은 자신의 스마트폰이 울리자 바로 전화를 받았다.

-응. 나 이제 일어났어. 너 어디야?

"나 여기 광장인데. 호텔이랑 얼마 안 걸려."

-바로 나갈게. 조금만 기다리고 있어.

백경태의 말에 한지혁은 바로 알겠다고 대답하고는 전화를 끊었다.

얼마 지나지 않아 백경태가 모습을 드러냈다.

한지혁은 슬쩍 웃으며 그를 맞았다.

"형, 좀만 더 일찍 일어나지 그랬어. 방금까지만 해도 누가 바이올린 연주하고 있었거든."

"또 바이올린 달라고 해서 연주한 건 아니지?"

"무슨 소리야? 그때는 진짜 특수한 상황이었던 거라고. 아무리 나라도 대뜸 다른 사람 악기 들고 연주하거나 하지는 않아."

한지혁은 그렇게 말을 하며 백경태의 팔을 툭 건드렸다.
해가 중천에 떴고, 이미 점심시간이 다가오고 있었다.
"밥이나 먹으러 가자."
"뭐 먹을래?"
"형 먹고 싶은 거 먹어. 나는 아까 아침에 먹고 싶은 거 먹어서 아무거나 상관없을 것 같아."
"돌아다니다가 맛있어 보이는 곳 있으면 들어가자."
백경태가 그렇게 말하면서 먼저 걸음을 옮겼다.
배가 고픈 모양이었다.
한지혁은 피식 웃으며 그의 뒤를 따랐다.
그날 하루 종일, 한지혁과 백경태는 제노아를 돌아다니며 맛있는 음식을 먹고 도시를 구경했다.
컨디션 조절에 들어간 것이다.
점심으로는 파스타를 먹었다.
오전에 한지혁이 먹었던 것과는 전혀 다른 느낌의 파스타였다.
"형, 이거 색깔이 원래 이런 거지?"
녹색의 페스토 파스타를 보며, 한지혁이 묘한 얼굴로 백경태를 돌아보았다.
하지만 백경태도 잘 모르는 모양이었다.
그는 어깨를 으쓱거리면서 포크를 들어 올리고 있었다.
"그런가 보지."

백경태는 그렇게 말하며 페스토 파스타를 먹었다.

한지혁 또한 포크를 움직였다.

녹색의 파스타를 입에 한입 집어넣자, 생각했던 것과는 조금 다른 맛이 났다.

보기에는 정말 맛이 없어 보였는데, 한입 먹어 보니 생각보다 맛있었다.

“약간 짭짤하다.”

“그러게. 거기에 바질 향이 훅 들어오는 게 상당히 괜찮네.”

보기와는 전혀 다른 맛.

한지혁과 백경태는 연신 감탄하며 그릇을 비웠다.

식사를 마친 후 도시를 돌아보다 보니 또 저녁 시간이 되었다.

저녁은 간단하게 햄버거를 먹고 숙소로 돌아왔다.

“잘 쉬고.”

“응.”

백경태는 해외에 왔지만 처리할 일들이 있었다.

그동안 한지혁은 가볍게 손을 풀 생각이었다.

연습은 충분히 했다고 생각했기에 힘들게 연습할 생각은 없었지만, 손이 굳지 않을 정도로는 해 줘야 하니까.

바이올린을 켜야 하기 때문에 일부러 호텔의 방음까지 확인해 본 한지혁이다.

그는 조심스럽게 바이올린을 꺼내 자세를 잡았다.

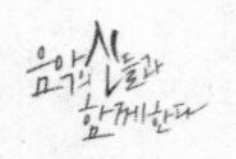

가볍게 연주를 하며 손을 푼다.

지이잉.

부드러운 바이올린 소리가 방 안을 가득 채웠다.

5개월 전과는 확실하게 바뀐 한지혁의 바이올린은, 조금 더 성숙해져 있었다.

한지혁은 스스로의 성장에 어느 정도 만족하고 있었다.

물론 더 열심히 해야겠지만, 5개월 동안 최선을 다했기 때문에 그 노력에 후회는 없었다.

제노아에 온 지 며칠이 지났다.

그 며칠 동안 한지혁은 똑같은 생활을 해 나갔다.

하루 한두 시간 정도 바이올린을 켰고, 나머지 시간은 관광을 하고, 밥을 먹으며 시간을 보냈다.

잠도 평소보다 많이 자면서 컨디션을 최고로 올리기 위해 노력했다.

파가니니 국제 콩쿠르의 예선이 있기 바로 전날.

백경태는 한국으로 돌아가는 비행기에 올라탔다.

"긴장하지 말고 잘해."

"걱정 마. 내가 언제 긴장하는 거 봤어?"

한지혁이 웃으며 말을 하자 백경태가 눈을 가늘게 떴다.

그의 그런 표정에 한지혁이 두 손을 들어 올린다.

"알았어. 잘할 거야."

"너 진짜 콩쿠르에서 떨어지면 그동안 노력한 게 다 물거품이 되는 거잖아."

백경태는 한지혁이 지금까지 얼마나 노력했는지 잘 알고 있었다.

물론 그는 고작 몇 개월 바이올린에 매진한다고 해서 파가니니 국제 콩쿠르에서 우승한다는 건 불가능하다는 것을 잘 알고 있었다.

하지만 적어도 그 정도 노력을 했으면 예선 정도는 통과해야 하지 않겠는가.

"뭘 또 물거품이 된다고까지 표현해. 그냥 아쉬운 거지."

"떨어지면 그냥 여행 왔다 생각하고 쉬고 있어."

"알았어, 얼른 가. 늦겠다."

한지혁이 손을 휘휘 저으며 백경태를 보냈다.

자신을 걱정하는 백경태의 말은 기분이 좋았지만, 한지혁은 그의 말대로 자신이 예선에서 떨어질지도 모른다는 생각은 전혀 하지 않았다.

이미 음악의 신들에게 괜찮은 바이올린 실력이라는 칭찬까지 들은 상황이었다.

그런데 설마 예선에서 떨어지지는 않겠지.

백경태를 보낸 한지혁은 그날 하루를 조용히 보냈다.

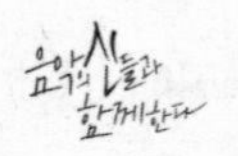

바이올린으로 잔잔한 곡을 연주하며 마음을 비웠고, 맛있는 음식을 먹기도 했다.

'준비는 끝났다.'

그렇게 다음 날은 찾아왔다.

파가니니 국제 콩쿠르는 총 여덟 명의 심사 위원이 심사를 본다.

예선에서 각 참가자는 여덟 명의 심사 위원 중 한 명의 심사를 받아 통과를 하면 본선에 참가할 수 있다.

이 과정에서 추천장이 있으면 사실 큰 문제없이 예선 통과가 가능하고, 추천장이 없다면 아무래도 조금 더 날카로운 시선으로 심사를 받게 된다.

최근에야 당연히 추천장을 들고 가는 것이 대부분이었지만, 한지혁에게 그런 게 있을 리 없었다.

그에게 바이올린을 가르쳐 준 이도 없었고, 딱히 추천장을 줄 만한 사람도 없었으니까.

'마에스트로 세바스찬에게 부탁하면 써 줬으려나.'

문득 그런 생각이 났지만, 한지혁은 굳이 추천장이 필요하지 않다고 판단하고 있었다.

결국 한지혁의 목표는 우승이었다.

예선을 통과하는 데에 긴장할 필요는 전혀 없었다. 그리고 추천장이 없다고 해서 예선을 통과하지 못하는 실력이라면 어차피 우승도 못하는 것이다.

"어떻게 오셨습니까?"

"콩쿠르 예선을 치르러 왔습니다."

미리 신청서를 써서 번호까지 받아 둔 상태였기에 한지혁은 아무 문제없이 예선장에 들어설 수 있었다.

십여 명의 사람들이 각자 바이올린을 들고 대기하고 있었다.

한지혁과 같은 심사 위원에게 심사를 받는 이들이다.

빈자리를 찾아 앉았는데, 눈에 띄는 이가 있었다.

금발을 하고 있는 여인.

얼마 전 광장에서 보았던 그 여자다.

그녀도 한지혁을 알아보았는지 슬쩍 시선을 주었다.

잠시 눈을 마주쳤지만, 그녀나 한지혁이나 따로 말을 하지는 않았다.

잠시 대기를 하고 있는데 남자가 들어와 차례대로 이름을 호명했다.

그때가 되어서야 한지혁은 여성의 이름을 알 수 있었다.

"아리엘라."

그녀는 호명이 되자 자리에서 일어나 남자가 들고 있는 주머니에 손을 집어 넣어 작은 공을 뽑았다.

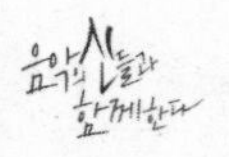

4이라는 숫자가 써 있는 공.

그녀가 오늘 네 번째로 예선을 보는 사람이다.

"지혁."

"예."

한지혁이 간단히 답을 하고는 자리에서 일어났다.

아리엘라가 슬쩍 그를 보는 것을 눈치채지 못한 채, 한지혁은 바구니에서 공을 뽑았다.

그는 여섯 번째였다.

예선은 말 그대로 최소한의 자격을 가진 이를 뽑는 자리였다.

그렇기 때문인지 생각보다 엄격한 느낌은 아닌 것 같았다.

방으로 들어간 첫 번째로 들어간 참가자가 5분이 되지 않아 나왔다.

두 번째 사람도 마찬가지였다.

밖에서 대기를 하고 있는 이들은 약속이라도 한 듯 전부 침묵을 지켰다.

어색하기도 하겠지만, 방 안에서 들려오는 바이올린 소리에 귀를 기울이려는 것이다.

자신의 경쟁자들의 바이올린이 어떤지 조금이나마 들을 수 있었으니까.

한지혁도 다른 이들의 바이올린을 들으며 속으로 평가를 해 나갔다.

'좀 아슬아슬한데…….'

이 정도로 예선을 통과할 수 있을까 싶은 연주도 있었고, 꽤 괜찮은 연주도 있었다.

"4번, 아리엘라."

아리엘라가 자리에서 일어나, 자신의 바이올린을 들고 방 안쪽으로 들어간다.

한지혁은 그 어느 때보다 귀를 기울여 바이올린 소리를 들으려 했다.

다른 이들의 바이올린도 그랬지만, 아리엘라의 바이올린이 가장 궁금했기 때문.

아주 조용하게, 아리엘라의 바이올린 소리가 한지혁의 귓가를 간지럽히듯 들려왔다.

그리고 한지혁은 확신했다.

아리엘라는 분명 이번 콩쿠르에서 가장 큰 경쟁자가 되리라는 걸.

아리엘라의 바이올린 소리는 한지혁의 바이올린과는 조금 다른 매력을 가지고 있었다.

한지혁은 자유로운 바이올린을 추구한다.

자유 속에 형식을 가진 바이올린.

그것은 마치 파가니니의 그것을 똑닮은 바이올린이었다.

아리엘라는 그것과 비슷하면서도 달랐다.

그녀의 바이올린은 굉장히 형식적이고, 매우 정교해서 기계와도 같았다.

기계 같다는 것은 결코 그녀의 연주를 비하하는 말이 아니었다.

파가니니의 곡을 완벽하게 연주하고 있다는 것을 의미하는 말이다.

한지혁이 파가니니를 이해하고, 그와 같이 연주를 한다면 아리엘라는 파가니니의 곡을 분석하고 연구해서 연주하는 느낌.

정말 수십, 수백 번 분석해서 곡을 어떻게 해야 완벽하게 연주할 수 있는지를 알아내어 연주한다.

자신과는 전혀 다른 스타일의 연주에 한지혁은 당황하면서도 놀라야 했다.

어쩌면 남들이 보기에는 똑같을 수 있다.

하지만 일정 수준 이상의 음악가들에게는 그 차이가 확실하게 보일 것이다.

그리고 한지혁은 콩쿠르에 나와서 어떻게 해야 좋은 점수를 받을 수 있는지를 잘 알고 있었다.

평가 방식은 거의 대부분 실수나 완전하지 못한 부분을 감점하는 방식이다.

그런 콩쿠르이니만큼 철저하게 분석적으로 접근하는 것이 오히려 더 영리하다.

아리엘라는 그런 콩쿠르의 성질에 맞는 방식으로 연주를

하고 있었다.

그에 비해 한지혁은 파가니니라는 사람을 이해하고, 자유롭게 곡을 연주하는 방식을 취하고 있다.

콩쿠르에 매우 적합하다고는 말하기 힘든 방식.

그럼에도 불구하고 한지혁은 자신이 있었다.

'내가 기억하기로…….'

이번 년도 파가니니 국제 콩쿠르에서는 우승자가 나오지 않았다.

심사 위원들은 파가니니의 바이올린을 연주할 수 있는 이가 없다고 판단했기 때문.

그렇기에 한지혁은 자신이 파가니니를 완벽하게 이해하고 그와 같이 연주한다면 충분히 그의 바이올린을 켤 수 있을 거라 믿었다.

"상황이 이상하게 돌아가네."

분명 아리엘라는 한지혁의 기억 속에 없는 이름이었다.

물론 그가 그저 기억을 하지 못하는 것일 수도 있겠지만, 그녀가 파가니니 국제 콩쿠르에 우승을 하고 그 이후로도 바이올린을 활동을 이어 나갔다면 적어도 한지혁에게 익숙한 이름이어야 했다.

'근데 아리엘라라는 이름은 진짜 낯설단 말이지.'

처음 들어 보는 이름이다.

아리엘라가 이곳에서 우승하지 못했다는 말일 수도 있겠

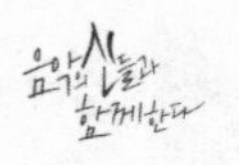

지만, 원래는 아예 참가를 하지 않았다는 이야기가 될 수도 있다.

그리고 한지혁은 후자가 더 가능성이 높다고 판단했다.

아리엘라가 지금 연주하는 것만 들어보면 그녀는 우승을 해도 손색이 없는 실력을 가지고 있었으니까.

그만 그렇게 생각하는 것이 아니었다.

'들리지 않는 예술가'는 흥미로운 눈을 보입니다. 좋은 바이올린 연주였다며 손가락을 움찔거리며 피아노를 치고 싶다고 말합니다.

'거리 위의 천사'가 허허 웃으며 수준급의 바이올린이니 조심해야겠다고 말합니다.

'팝의 황제'가 당신을 바라보며 더욱 분발하라고 재촉합니다.

음악의 신들도 아리엘라의 바이올린을 좋게 들었다.

그들이 이렇게 들었는데, 그 누가 그녀의 바이올린을 좋지 않다 평할 수 있을까?

한지혁은 고민했다.

'지금이라도 자신의 스타일을 바꿔야 하나?'

아리엘라라는 예상치 못한 강한 경쟁자를 만나게 되었으니, 어쩔 수 없이 그런 생각이 들었다.

하지만 하지혁은 매우 짧은 고민 끝에 고개를 흔들었다.

어차피 지금에 와서 스타일을 바꾼다고 해서 아리엘라만큼이나 곡을 분석해서 연주할 자신이 없었다.

자신이 지금까지 해 오던 것처럼만 하면 된다.

'조급해하지 말자.'

한지혁이 속으로 생각했다.

달칵.

작은 소리와 함께 문이 열리며 아리엘라가 나왔다.

우연일까?

그녀는 바이올린을 들고 나오며 한지혁을 바라보았다.

한지혁도 아리엘라를 바라보고 있었다.

벌써 세 번의 눈 맞춤이다.

한지혁은 살짝 미소를 지어 보였다.

아리엘라는 그것을 보고도 무표정한 얼굴로 고개를 돌렸다.

'들리지 않는 예술가'가 웃음을 터트립니다.

한지혁이 어색하게 웃었다.

아리엘라는 자신의 차례가 끝났음에도 불구하고 바로 돌

아가지 않았다.

다른 이들이 예선을 치른 후 금방 돌아가 버린 것과는 조금 다른 행동이었다.

한지혁은 그녀가 계속해서 신경이 쓰였지만, 일단은 다가오는 자신의 차례에 집중했다.

“6번, 한지혁.”

드디어 그의 차례가 되었다.

한지혁은 자리에서 일어나 바이올린을 들고 방 안으로 들어섰다.

문을 열고 들어가자 두 명의 남자가 보였다.

백발의 사내와 중년 사내.

둘 다 한지혁이 아는 얼굴이었다.

클래식에 관심을 가지다 보면 알게 될 수밖에 없는 얼굴들.

그들은 멍한 눈으로 한지혁을 바라보고 있었다.

“한지혁입니다.”

한지혁이 고개를 살짝 숙이며 인사했다.

철저히 한국식인 인사에 심사 위원들이 조금 당황하며 정신을 차리는 것이 보였다.

“반갑습니다. 한. 베론이라고 합니다.”

“영광입니다. 마에스트로 베론.”

“허허……!”

베론이 묘한 얼굴을 하고 웃었다.

그의 옆에 앉아 있는 그레이슨 또한 오묘한 표정을 짓고 있었다.

영문을 모르는 한지혁은 그저 바이올린을 꺼내며 연주를 준비할 뿐이었다.

그런 그에게 베론이 질문을 던졌다.

"따로 추천장은 없는 건가요?"

"네, 준비하지 못했습니다."

"그럼 혹시 누가 바이올린을 사사해 줬는지 알 수 있겠습니까?"

"홀로 배웠습니다."

실은 여러 음악의 신들의 도움을 받았지만 그것을 말할 수는 없었다.

한지혁의 답에 그레이슨이 어처구니가 없다는 듯 웃음을 흘렸다.

"혼자 바이올린을 배웠다는 게 말이 되는……."

"그레이슨."

그가 무어라 말을 하려 했지만, 베론이 나서서 그레이슨의 말을 막았다.

자신의 실수를 깨달은 그레이슨은 한지혁에게 사과했다.

"미안합니다."

"아닙니다, 미스터 그레이슨."

한지혁은 그의 사과를 받아들였다.

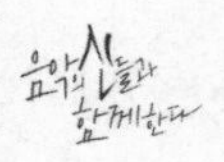

사실 그도 누군가 바이올린을 혼자 배웠다고 하면 믿지 못할 것 같았으니까.

하물며 파가니니 국제 콩쿠르에 참가하겠다고 온 사람이 말이다.

"미스터 한."

"예, 마에스트로 베론."

"개인적으로 궁금한 게 있는데 물어봐도 되겠습니까?"

"물론입니다."

한지혁이 고개를 끄덕거리며 답했다.

겉으로는 태연하게 답을 했지만 사실 그는 조금 의아해하고 있었다.

원래 예선 심사를 보면서 이렇게 대화를 편안히 나눌 수 있는 건가?

한지혁이 알기로 거의 추천장이 있으면 그걸 제출하고 연주를 하는 것이 끝이었다.

그렇기에 다들 5분 안에 나오지 않았던가.

하지만 베론은 한지혁에게 연주를 하라는 말없이 질문을 던지고 있었다.

"보통 자주 길거리에서 연주를 하는 편인 겁니까?"

베론의 질문에 한지혁은 잠시 멈칫거렸다가 고개를 흔들었다.

"지금까지 길거리에서 바이올린을 연주한 적은 한 번밖에 없습니다.”

미국에 갔을 때 영감들이 머릿속에서 떠올랐는데, 그것을 정리할 방법이 바이올린밖에 없어서 연주했던 일 말고는 없다.

말하는 것을 들어 보니, 아무래도 베론은 자신의 연주 영상을 본 모양이었다.

“미국에서 연주를 했던 것이 전부인 겁니까?”

“……LA에서 우연히 한 번 연주한 것 말고는 길거리 연주는 한 적이 없습니다.”

한지혁이 답했다.

그의 답에 무슨 생각을 하는 것인지 베론은 애매한 표정을 지어 보이고 있었다.

어떤 생각을 하고 있는지 도통 읽을 수가 없어서 한지혁은 가만히 서 있었다.

“그렇군요. 그럼 준비되시면 시작하시면 됩니다.”

잠시 무언가를 생각하는 듯싶더니, 베론은 한지혁이 준비되면 연주를 시작하라고 말했다.

그 말에 한지혁은 드디어 올게 왔다는 듯 숨을 토해 내며 바이올린을 들어 올렸다.

한지혁이 자세를 잡고 활을 움직였다.

연주가 시작되었다.

베론은 처음 심사를 시작했을 때 그리 큰 기대를 하지는 않았다.

이미 일정 수준 이상을 기대하고 왔는데, 예선 합격선만 딱 지키는 정도의 수준의 이들뿐이었기 때문.

세 번째까지는 분명 그랬다.

그리고 네 번째.

아리엘라의 바이올린 연주를 듣고 나서야 베론은 이번 콩쿠르에서 제대로 된 연주자가 있구나 싶었다.

그만큼 그녀의 연주는 매력적이었고, 함께 듣고 있던 그레이슨도 감탄할 정도로 대단한 연주였으니까.

이런 실력자가 어디서 갑자기 튀어나왔나 싶을 정도의 바이올린이었다.

그래서였을까?

다섯 번째 심사자의 바이올린이 그리 좋게 다가오지 않았다.

베론은 여섯 번째 심사자도 그럴 것이라고 예상했다.

하지만 문을 열고 들어오는 한지혁을 보고서는 그는 자신의 생각을 곧바로 수정해야 했다.

그레이슨도 한지혁을 알아보고는 움찔하며 슬쩍 베론에게 시선을 보냈다.

그는 베론이 계속해서 거절해 오던 심사 위원직을 어째서 수락했는지 알고 있었으니까.

거기에, 그는 베론이 얼마나 한지혁을 만나고 싶어 했는지도 잘 알고 있었다.

진짜로 영상 속의 그가 제노아에서 나타날 줄은 몰랐기에 베론도 속으로 헛웃음을 흘리고 있었다.

혹시 하는 마음으로, 또 바이올린에 대한 자극이 생겨서 수락한 심사 위원의 자리다.

한지혁 때문에 수락했다고 봐도 좋을 정도.

그런 그가 자신의 심사를 받기 위해 눈앞에 서 있다.

베론은 한지혁을 다른 이들과는 조금 다르게 대했다.

보통은 바로 연주를 듣고 심사를 하는 편이었지만 한지혁에게는 궁금한 것을 물어보았고, 어느 정도 궁금함이 해소가 되자 그제야 연주를 부탁했다.

그렇게 한지혁의 연주가 시작되었다.

지이잉.

연주가 시작되자마자 베론은 한지혁의 바이올린 실력이 영상에 찍혔을 때보다 훨씬 더 발전했다는 것을 알 수 있었다.

영상을 찍을 당시에는 단순히 '음악적 영감'이 강조되고 있었다면, 지금은 완성도까지 갖춘 모습이었다.

감탄을 할 수밖에 없었다.

아까 들었던 아리엘라의 연주와는 또 다른 매력을 가지고

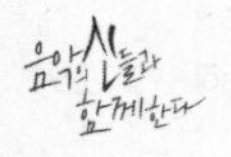

있었다.

한지혁의 연주는 굉장히 색달랐다.

이번 콩쿠르에는 시선이 가는 참가자가 벌써 두 명이나 나왔다.

베론은 정말 큰 이변이 없다면, 한지혁이나 아리엘라, 둘 중 하나가 우승을 하지 않을까 조심스럽게 예상했다.

그도 그럴 것이 지금 듣고 있는 한지혁의 연주는 놀랍기만 했으니까.

자유로우면서도 결코 선을 넘지 않는다.

형식에 얽매이지 않으면서도 동시에 정돈된 느낌이 있는 연주.

다른 이들이 형식을 따라가는 것에 급급한 느낌인 것에 반해 한지혁은 전혀 다른 식으로 곡에 접근하고 있었다.

애초에 곡을 다른 각도에서 접근해 연주를 하는데 어떻게 다른 이들과 같을 수 있겠나?

한지혁의 연주는 다른 그 누구와도 비교를 불허했다.

'굳이 비교한다면…….'

파가니니와 비교해야 하지 않을까.

베론이 속으로 생각했다.

"잘 들었습니다, 한. 좋은 연주군요."

"감사합니다."

베론의 말에 한지혁이 고개를 살짝 숙이며 인사했다.

잔잔한 미소를 보이고 있는 베론은 힐끗 고개를 돌려 그레이슨을 바라보았다.

어떠냐고 물어보는 것.

하지만 그레이슨은 베론의 행동을 알아챌 수 없었다.

한지혁의 연주에 충격을 받았기 때문.

'어떻게……!'

솔직히 말해서 그레이슨은 한지혁을 조금 무시하고 있었다.

한지혁의 연주 영상을 계속해서 봤지만, '뭐가 그리 대단한데?'라는 생각을 가지고 있던 그레이슨이었다.

물론 그의 연주 실력과 음악성은 인정했다.

괜찮은 음악이었고, 들어 줄 만한 연주였으니까.

딱 그 정도가 그레이슨이 생각하는 한지혁의 수준이었다.

한데 베론이 지속적으로 한지혁을 칭찬하고, 그에 대해서 이야기하는 것 때문에 오히려 반발심이 들어 한지혁을 무시하게 되었다.

그런데 지금 한지혁의 연주를 직접 두 귀로 마주한 순간, 그레이슨은 충격을 받을 수밖에 없었다.

그것은 음악이었다.

형식을 가지고 있지만 동시에 형식에 얽매이지 않은 파가니니의 음악.

그레이슨은 그제야 베론이 말했던 것이 무엇인지 조금이나마 깨달을 수 있었다.

자신의 심장이 어디로 갔냐고 했던 베론의 말.

'허…….'

잃어버린 줄로만 알았던 예술성이 조금씩 돌아오고 있었다.

이런 게 진정한 음악이고 진짜 예술이다.

모방을 넘어 창작에 가까운 연주.

그레이슨은 자신의 손끝이 움찔거리는 것을 느꼈다.

그 또한 바이올린을 하는 사람이다.

기본적으로 지휘자라는 자리를 위해 베론에게 많은 것을 배우며 앞으로 나아가고 있지만, 바이올린이라는 악기가 어떤 것인지 이해하고 있다는 뜻이다.

한 명의 음악가로서, 바이올린이 무엇인지 아는 사람으로서.

그는 지금 당장 바이올린을 연주하고 싶다는 충동을 느꼈다.

"따로 연락이 갈 겁니다. 수고하셨습니다."

베론이 그렇게 말하며 한지혁과 인사했다.

그레이슨은 그제야 정신을 차릴 수 있었다.

그가 고개를 돌려 베론을 바라보았다.

"마에스트로 베론."

"무언가 느낀게 있나 보군. 그레이슨."

"예."

"무엇을 느꼈나?"

베론이 물었다.

그레이슨은 자신이 방금 느낀 것을 가장 잘 표현할 수 있는 말이 무엇인지 잠시 고민해야 했다.

짧은 고민 끝에, 그가 입을 열었다.

"저 한이라는 남자는…… 죽어 가는 클래식을 살릴 수 있는 인물이 아닐까 싶습니다."

거기까지 말하고 잠시 침을 삼킨 후 말을 이어 나갔다.

"심폐소생술을 하는 것처럼요."

달칵.

문을 닫자 작은 소리가 만들어졌다.

한지혁은 고개를 들어 올렸다.

조금 떨어진 곳에서 아리엘라가 슬쩍 고개를 돌리는 것이 눈에 들어왔다.

한지혁이 아리엘라의 바이올린이 신경 쓰였던 것처럼, 아리엘라도 한지혁의 바이올린을 신경 쓰고 있는 것 같았다.

'나 혼자만의 생각일 수도 있고.'

그가 속으로 생각하면서 바이올린을 들고 걸음을 옮겼다.

이제 예선은 끝났다.

자신이 할 일이 더 이상 없기에 한지혁은 기다리지 않고 먼저 예선장을 나섰다.

다른 이들의 바이올린이 그리 궁금하지는 않았다.

만약 아리엘라의 차례가 자신의 뒤에 있었으면 잠깐 정도는 기다렸겠지만, 이미 그녀의 연주는 들었으니 이 자리에 남아 있을 필요는 없었다.

한지혁이 나가고 얼마 있지 않아 아리엘라도 자리에서 일어났다.

그녀도 자신이 볼일은 끝났다는 듯 미련 없이 예선장을 떠났다.

"이제 며칠 동안 뭐 하면서 기다려야 하나."

예선의 결과는 이틀 정도 후에 개별적으로 연락해 알려 줄 것이다.

그리고 개별 발표 이후 이틀 뒤에 바로 본선이 시작될 것이고.

숙소로 돌아왔지만 별다른 할 것을 찾지 못한 한지혁은 결국 바이올린을 꺼내 들었다.

그는 바이올린을 들어 자세를 잡더니, 조금은 날카로운 연주를 해 나갔다.

한지혁은 지금 자신의 스타일이 아닌, 아리엘라와 같은 느낌으로 연주를 하려 시도하고 있었다.

파가니니를 이해하는 것이 아닌, 그의 곡을 분석하고 세밀하게 파악하여 연주하는 것.

그렇게 한참을 연주하다가, 결국 바이올린을 내려놓은 그는 볼을 긁적거렸다.

“역시 쉽지는 않네.”

애초에 한지혁과는 잘 맞지 않는 방법이었다.

작곡을 하거나 프로듀싱을 하는 것이 아니라 세밀하게 곡을 분석해서 접근한다는 것 자체가 한지혁에게는 조금 낯선 일이었다.

그는 결국 자신의 스타일을 그대로 밀고 나가는 것이 맞는 방향이라는 것을 다시 한번 확인할 수 있었다.

하지만 그렇다고 한지혁이 자신의 방법만이 정답이라고 생각하고 있는 건 아니었다.

자신에게는 이런 방법이 맞는 것 같다고 생각하는 것뿐이지, 아리엘라의 방법이 틀렸다고 결론을 내린 것은 아니니까.

한지혁은 바이올린을 정리한 후 침대에 몸을 맡겼다.

머리가 괜히 복잡해질 때에는 잠이나 청하는 게 최고다.

예선에는 무사히 통과했다.

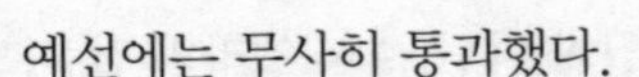

주최 측에서 개별 전화로 통과 사실을 알려 주었다.

한지혁은 덤덤하게 그것을 받아들였다.

백경태는 괜히 조급했는지 전화를 걸기도 했다.

"응."

-어떻게 됐어?

"예선은 통과했지. 이제 본선 준비하려고."

-준비는 잘되어 가고?

"사실…… 잘 모르겠어. 그냥 바이올린 안 잡고 있어서."

한지혁이 어색한 얼굴을 하면서 답했다.

하루에 30분에서 한 시간 정도만 바이올린을 하고, 그 이후의 시간에는 딴 짓을 하며 시간을 보냈던 것이다.

아리엘라의 기계적인 연주가 머릿속에서 떠나지 않아서 혼란스러웠기 때문.

그 혼란스러움 때문에 한지혁은 일부러 바이올린을 외면했다.

대신 자신이 할 수 있는 가장 생산적인 일들을 하나씩 하기 시작했다.

산책이나 맛있는 식사, 그러다가 때때로 광장에 나가서 음악가들이 각자의 악기를 연주하는 것을 구경했다.

-바이올린 안 하면 뭐 하고 있는데?

"앨범 작업."

-……너도 진짜 독특한 애다."

"어쩔 수 없어."

한지혁이 답했다.

그의 말에 백경태는 작게 한숨을 내쉬었다.

-뭐, 네가 알아서 잘하겠지. 아무튼 나는 응원할게. 결승까지 가 보자.

"응. 고마워."

웃으며 백경태와의 통화를 마무리한 한지혁은 자신이 하던 앨범 작업을 이어 나갔다.

그는 앨범에 집어넣을 마지막 곡인 여섯 번째 곡을 작업하고 있었다.

다른 곡들에 비해, 여섯 번째 곡은 유독 힘들었다.

작업 속도가 느리다.

그렇게 시간이 흘렀다.

한지혁은 본선 날짜가 다 되도록 여섯 번째 곡을 마무리할 수 없었다.

그렇게 날이 밝았다.

그날 아침은 맑았다.

따뜻한 햇살이 그를 반겼다.

살짝 습하지만 불쾌하지는 않은 공기가 사람들을 감싸 안고 있었다.

한지혁은 검은 바지, 하얀 반팔 셔츠에 재킷을 걸치고 있었다.

최소한의 예의를 지킨 것.

준결승부터는 여성은 드레스를, 남성은 정장을 입고 무대에 서야 하지만 본선까지는 어느 정도의 자유로운 복장이 허용된다.

파가니니 국제 콩쿠르의 본선이 열리는 카를로 펠리스 극장 안에는 이미 사람들로 북적거리고 있었다.

오늘이 지나면 저 사람들 중 절반이 떨어지고 열두 명만이 남게 되리라.

남은 열두 명은 준결승을 치르고, 또 결승에서 연주하여 그중 여섯 명만이 상을 수상하게 될 것이다.

'그리고 여섯 명 중 하나는 파가니니의 바이올린을 연주할 수 있겠지.'

한지혁이 속으로 생각하며 걸음을 옮겼다.

극장 안으로 들어서기 전에, 모두가 지난번 예선 때와 마찬가지로 번호표를 뽑았다.

각 연주자에게 허락된 시간은 10분 남짓.

한지혁도 9분 정도 길이의 곡으로 선곡했다.

조용히 자신의 번호표를 뽑은 후 극장 안으로 들어가 기다리고 있는데, 다른 참가자들도 한두 명씩 그의 주변에 앉았다.

톡.

누군가 한지혁의 바로 옆에 앉으며 그의 팔을 쳤다.

"아, 미안."

백인 남성은 손을 살짝 들어 올리며 사과했지만, 전혀 미안한 표정은 아니었다.

오히려 입꼬리를 슬쩍 올려 비웃는 듯한 얼굴.

한지혁은 상대가 자신을 일부러 쳤다는 것을 알아차렸다.

그는 피식 웃음을 흘렸다.

이런 상황을 예상하지 못한 것도 아니었으니까.

누구는 클래식이 굉장히 교양 있는 음악이라고 말하기도 한다.

한지혁은 그 말을 절반은 맞고, 절반은 틀렸다고 답할 것이다.

클래식은 분명 교양 있는 음악이 맞았지만, 어떤 음악가들은 전혀 교양 있지 않았으니까.

당장 파가니니만 보아도 알 수 있는 일이다.

파가니니 국제 콩쿠르에 참석한 이들 전부에게 물어봐라.

과연 파가니니가 교양 있는 사람이라고 말을 할 수 있을까?

그는 이단아였으며, 바람둥이였고, 사고뭉치였다.

교양과는 지구 반 바퀴 정도 떨어져 있는 인물이었던 셈.

지금에 와서야 그의 음악은 교양 있다 평가하지만, 과연

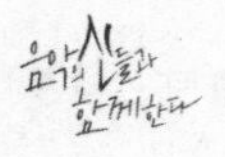

그의 인생을 알고 나서도 그의 삶을 교양 있다 말할 수 있는 사람이 얼마나 있을까?

클래식계는 친절하지 않다.

한지혁은 수개월 전, 드미트리에게 그런 조언을 얻었다.

파가니니 국제 콩쿠르에 참석하겠다는 뜻을 알린 후 드미트리는 많은 것을 이야기해 주었는데 그중 현 클래식계를 너무 좋게 보지는 말라고 충고도 해 주었던 적이 있다.

그 의미가 여기서 드러나고 있었다.

파가니니 국제 콩쿠르의 예선을 통과할 정도로 뛰어난 바이올린 실력을 가진 이가 일부러 한지혁에 시비를 걸어오고 있으니까.

"지금 나 보고 비웃은 건가?"

백인 남성은 한지혁의 웃음을 보고 눈썹을 꿈틀거리더니 물어봤다.

한지혁은 어깨를 으쓱거렸다.

어차피 이런 상황은 굉장히 익숙했다.

콩쿠르는 경연이다.

당연히 주변에 있는 모두가 경쟁자라는 뜻.

때때로 사람들은 경쟁자를 제거하기 위해 비교적 쉬운 방법을 사용하기도 한다.

가령 강한 압박을 통해 상대가 본 실력을 발휘하지 못하도록 한다거나, 일부러 팔을 계속 치면서 신경을 거슬리게 만든다거나 하는 것들.

한지혁은 백인 남성이 자신을 건드리고 일부러 시비를 거는 것도 경쟁자 견제의 일종이라고 받아들였다.

당장 얼마 있지 않아서 연주해야 하는 상황인데, 이렇게 신경을 거슬리게 하면서 방해하는 것은 대놓고 너를 떨어뜨리려 한다는 것을 알리는 것이나 다름이 없었다.

물론 심사 위원들이 아직 자리에 있지 않기 때문에 보일 수 있는 행동이었다.

만약 심사 위원들이 다 있는 자리에서 똑같은 행동을 했다면 오히려 백인 남성이 좋지 않은 눈초리를 받았을 것이다.

하지만 지금은 심사 위원들이 자리를 잡지 않은 상황.

지금은 얼마든지 상대가 콩쿠르에 집중하지 못하도록 할 수 있다는 뜻이었다.

"이것 참, 살다 살다 꼬맹이한테 비웃음도 당하고, 재미있네."

그가 그렇게 말을 하며 한지혁의 어깨에 손을 올렸다.

한지혁은 픽 웃으며 손을 들어 남자의 팔을 밀어 어깨에 올라가 있던 손을 떨궜다.

남자가 살짝 인상을 찡그리며 무어라 말을 하려는 순간.

어디선가 목소리가 들려왔다.

"콩쿠르에 와서 바이올린이 아니라 입으로 떠드는 애들도 있네."

그 말을 듣고, 한지혁은 슬쩍 미소를 보였다.

아리엘라의 목소리였으니까.

"파가니니 국제 콩쿠르에 심사 위원으로 마에스트로 베론이 간 것에 대해 어떻게 생각하느냐고요?"

세바스찬은 황당하다는 듯한 눈으로 기자를 바라보았다.

대뜸 인터뷰 요청이 들어와 수락한 참이었다.

파가니니 국제 콩쿠르에 관해서는 자신도 관심이 많았으니까.

특히 이번 콩쿠르는 더더욱 말이다.

그런데 갑자기 마에스트로 베론이 파가니니 국제 콩쿠르에 심사 위원 자격으로 참석한 것에 대해 어떻게 생각하느냐는 질문을 던지다니.

세바스찬은 자신의 눈앞에 있는 이 기자가 무슨 의도로 그것을 묻는 것인지 의심스러웠다.

기자는 당황한 듯 손을 흔들었다.

"결코 나쁜 의미로 물어본 것이 아닙니다, 마에스트로 세바스찬. 저는 그저 지금까지 한사코 심사 위원직을 거절해 오던 마에스트로 베론이 어째서 이번에는 수락을 하셨는지에 대한 의견이 궁금했을 뿐입니다."

기사의 말에 그제야 세바스찬은 좁혔던 미간을 폈다.

그것이 궁금했더라면 자신에게 대답하기 곤란한 질문을 던져 공격을 하려는 의도는 아니었으니까.

하지만 세바스찬이 답하기 어려운 질문인 것은 여전했다.

마에스트로 베론이 심사 위원직을 수락한 이유를 그가 어찌 알겠는가?

"마에스트로 베론은 매우 현명하신 분이십니다. 분명 합당한 이유가 있어서 그리하신 거겠죠."

세바스찬은 자신이 할 수 있는 최선의 답을 내놓았다.

기자는 고개를 끄덕거리더니 또 다른 질문을 던졌다.

"파가니니 국제 콩쿠르에서 이번에 특별히 눈에 띄는 참가자가 있습니까?"

그 질문에 세바스찬은 황당함을 감추지 못했다.

질문의 상태가 왜 이런 것인지 모르겠다.

도대체 뭐가 문제기에 자신에게 파가니니 국제 콩쿠르에 대해 물어본단 말인가?

그는 올해 들어 베노아는커녕 그 근처에 가 보지도 않은 상황인데.

"어디에서 나온 누구라고 했죠?"

"'GrounI'에서 나온 존 스노입니다."

"영국 언론에서 갑자기 파가니니 국제 콩쿠르에 대해서 관심을 가지는 이유가 참 궁금하군요."

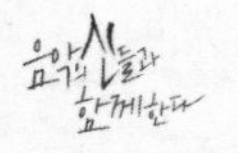

세바스찬이 살짝 눈살을 찡그리며 말했다.

존 스노 기자는 고개를 살짝 숙이며 사과를 건넸다.

"죄송합니다. 기분이 나쁘셨다면 사과드리겠습니다. 저희 쪽에서 개인적으로 관심을 가지고 있는 참가자와 마에스트로가 연이 있다는 소식을 접해서요."

존 스노는 솔직하게 자신의 질문 의도를 밝혔다.

세바스찬은 빠르게 상황을 파악했다.

영국 언론이 무슨 이유에서 관심을 가지는 것인지는 모르겠지만, 일단 한지혁에 대한 이야기인 것 같긴 했다.

파가니니 국제 콩쿠르에 참가한 이들 중 그와 연관이 있는 인물이라면 한지혁밖에 없을 테니까.

'요청이라도 했으면 바로 추천장을 써 줬을 텐데. 아쉽군.'

세바스찬이 속으로 생각하며 고개를 끄덕였다.

일단 이번 인터뷰는 한지혁에게 그리 손해가 되는 인터뷰는 아닐 것이다.

물론 세바스찬 자신에게도.

영국 언론이 어째서 한지혁에게 관심을 보이는 것인지 궁금하긴 했지만, 그것은 그리 중요한 문제가 아니라고 판단했다.

"바이올린을 그 누구보다도 잘 다루는 청년을 한 명 알기는 하죠."

"그럼 마에스트로께서는 그가 우승을 할 것이라고 예상하십니까?"

눈을 반짝거리며 존 스노가 물어보았다.

세바스찬은 피식 웃음을 흘렸다.

가볍게 어깨를 으쓱거리며, 그는 대수롭지 않다는 듯 답했다.

"글쎄요. 콩쿠르의 결과는 제가 알 수 없는 것이니 확신할 수 없겠군요."

거기서 말을 끊은 세바스찬은 따뜻한 차 한 모금을 마신 후 말을 이어나갔다.

"다만…… 그가 압도적인 연주를 보여 주리라는 것은 확신할 수 있겠네요."

슬쩍 미소 지으며, 그가 말했다.

남자가 고개를 돌려 뒤쪽에 앉아 있는 아리엘라를 바라보았다.

한지혁 또한 웃음을 흘리며 아리엘라에게 슬쩍 시선을 보냈다.

남자는 아리엘라를 아래위로 훑더니 입을 열었다.

"곱게 자란 레이디가 신경 쓸 일은 아닌 것 같은데."

아리엘라는 그의 말에 묘한 표정을 지으며 입꼬리를 말아

올렸다.

객관적으로 보았을 때 굉장히 준수한 외모를 가진 그녀가 입꼬리를 올리며 웃음을 보이자 묘한 매력이 있었다.

아직도 이해를 하지 못하겠다.

이런 외모에 뛰어난 바이올린 실력을 가진 아리엘라가 왜 미래에는 알려지지 않았을까?

"그쪽도 그리 험하게 자란 것 같지는 않은데."

듣기 좋은 영국식 영어가 남자를 저격했다.

아리엘라의 말이 맞았는지, 남자는 순간 멈칫거렸지만 애써 웃음을 잃지 않았다.

한지혁은 분위기를 보다가 끼어들었다.

애초에 이건 자신과 남자의 문제였다.

아리엘라가 끼어들어 굳이 그녀의 연주까지 영향을 받을 필요는 없었다.

물론 그녀로서는 자신의 연주에 영향이 없을 것이라 확신하고 끼어든 것이겠지만.

'그 정도 확신은 나도 있으니까.'

한지혁이 속으로 생각하며 입을 열었다.

"그쪽, 몇 번이었지?"

그가 남자를 바라보며 물었다.

남자가 어처구니가 없다는 듯한 시선을 보냈으나, 여기서 답을 안 하는 것도 이상하게 보인다는 것을 깨달았는지 순순히 답했다.

"9번인데 너는……."

"쓸데없이 시비를 걸어오는 걸 보면 준비는 잘했나 보네. 아니면 뭐, 준비가 잘 안 돼서 시비를 걸어오는 건가?"

남자의 말을 끊으며 한지혁이 입을 열었다.

한지혁의 말에 남자는 얼굴을 구겼다.

한지혁은 지금 대놓고 말한 것이다.

시비를 걸 거면 실력을 제대로 갖추고 오라고.

너, 실력에 자신 없어서 나한테 시비 거는 것 아니냐고.

아리엘라는 콧소리를 내며 흥미롭다는 얼굴로 한지혁과 남자를 번갈아 돌아보았다.

다른 이들의 반응도 크게 다르지 않았다.

재미있다는 듯 키득거리거나, 자기 연주에만 신경 쓰며 긴장하고 있는 이들.

이렇게 두 부류로 나뉜다.

한지혁은 여유로운 눈으로 남자를 바라보며 말을 이어 나갔다.

"괜히 다른 사람 건드리지 말고 얼른 가서 연습이나 더 하든가."

그의 말에 남자가 인상을 찡그렸다.

"자기 무덤을 스스로 파는군. 어떤 망신을 당하려고."

남자가 으르렁거리듯 말했다.

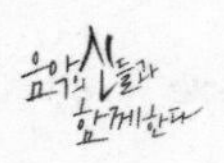

물론 전혀 위협적이지 않았다.

한지혁이 평생을 살면서 이런 위협을 얼마나 받아 봤을 것 같나.

별의별 일이 다 일어나는 연예계에서 한 회사의 대표로서 삶을 살았던 한지혁이다.

이 정도 기 싸움은 애들 장난밖에 되지 않았다.

"누구 말대로 요즘 콩쿠르에는 바이올린 말고 입으로 떠드는 애들이 많아져서 걱정이네. 남 걱정 전에 본인 걱정부터 하는 게 좋을 것 같은데 말이야."

가소롭다는 듯 한지혁이 남자를 응시하며 말했다.

남자는 얼굴을 구기며 화를 내려 했지만 그때 문이 열리며 심사 위원들이 입장했다.

총 여덟 명의 심사 위원은 각자 자리를 잡고 앉아 무대를 바라보았다.

남자는 분별은 있는 것인지, 심사 위원이 있는 상황에서 멍청하게 말을 이어 나가지는 않았다.

그는 그저 한지혁을 한 번 노려보았을 뿐.

그는 입을 다물고 고개를 돌렸다.

무대 뒤에서 준비를 하고 있던 1번 참가자가 금방 모습을 드러냈다.

한지혁은 자리를 옮기는 남자를 보며 피식 웃음을 흘렸다.

시간이 흘렀다.

한지혁은 조용히 다른 이들의 연주를 감상했다.

때로는 괜찮은 연주가, 때로는 한지혁이 듣기에 고개가 갸웃거려지는 연주가 흘러나왔다.

자리를 지키며 다른 이들의 연주를 감상하는데, 아까 시비를 걸어오던 남자가 슬그머니 자리에서 일어나 무대 뒤로 향하는 것이 눈에 들어왔다.

일곱 번째 참가자가 무대를 하고 있으니 이제 슬슬 가서 준비할 때가 되긴 했다.

얼마 있지 않아, 아까 시비를 걸어온 남자가 무대로 올라왔다.

그는 자신을 보라고 자랑이라도 하듯 당당한 걸음걸이로 자세를 잡은 후 연주를 시작했다.

한지혁은 볼을 긁적거렸다.

원래의 실력이 별로인 것인지, 아니면 한지혁과 아리엘라의 말이 압박이 된 것인지 모르겠지만 그의 연주는 썩 좋지는 않았다.

중간에 실수도 한 번 나왔고.

'들리지 않는 예술가'는 미간을 찡그리며 상대를 쏘아봅

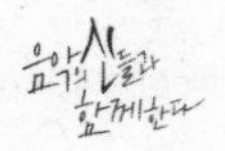

니다. 그는 고개를 절레절레 흔듭니다.

'팝의 황제'가 고개를 돌려 외면합니다.

'여섯 현의 마법사'는 어처구니가 없다는 듯 헛웃음을 터트립니다.

음악의 신들도 황당했던 것인지 연신 메시지를 띄웠다.

한지혁은 그것을 읽고는 가볍게 웃었다.

심사 위원들에게서도 혹평이 내려졌다.

"많이 아쉬운 연주였네요."

남자는 실망한 얼굴로 무대를 내려가야 했다.

그리고 얼마 후, 아리엘라가 무대로 올라왔다.

그녀는 12번이었고, 한지혁은 16번이었다.

약간의 텀이 있다는 것에 한지혁은 감사했다.

그녀의 연주를 홀에 앉아서 감상할 수 있었으니까.

그가 기대감 어린 눈빛으로 아리엘라를 바라보았다.

검은 바지에 하얀 티의 간소한 옷차림을 한 그녀는 이내 바이올린을 들어 올리더니 자세를 잡고는 이윽고 활을 움직였다.

지이잉.

부드러운 연주가 시작되었다.

한지혁의 눈썹이 꿈틀 움직였다.

그녀가 고른 곡은 한지혁이 선택한 곡과 같았다.

파가니니, 바이올린 협주곡 2번 3악장.

대중에게는 '라 캄파넬라'로 잘 알려진 곡.

도입부를 들으면 '어? 나 이거 아는데.'라고 말하는 이가 상당히 많을 것이다.

부드러운 선율이 뻗어졌다.

"허."

한지혁은 저도 모르게 숨을 토해 냈다.

아리엘라의 바이올린은 한지혁의 그것보다 배는 더 부드러웠다.

그녀는 살포시 눈을 감은 채 부드럽게 활을 놀렸다.

한지혁은 아리엘라의 연주가 부드러움과 동시에 기계적임에 놀랄 수밖에 없었다.

곡을 너무나도 철저히 분석한 데다가 완벽하게 곡을 연주하기 위해 노력한 흔적이 여기저기서 보였다.

그녀는 강약 조절에도 능숙했다.

느리게 시작한 첫 도입부와는 조금 다르게 중간에는 빠른 속주로 힘 있게 자신의 당당함을 알렸다.

그것은 무척이나 날카롭고 예리했다.

처음에는 알아차리지 못하겠지만, 홀에 있던 청중은 조금씩 이미 그녀의 연주에 빠져들고 있었다.

이것이 파가니니의 곡이고, 이게 정석적인 라 캄파넬라라고 말하기라도 하는 듯 연주하고 있다.

청중은 그녀의 주장에 점차 넘어가는 중이었다.
그것은 심사 위원들조차 마찬가지였다.
그들도 놀랍다는 듯 눈에 이채를 띠고 그녀의 연주를 감상하고 있었다.
작은 실수 하나 용납하지 않고, 그녀는 연주를 마쳤다.
한지혁은 작게 신음을 흘렸다.

'여섯 현의 마법사'가 손뼉을 칩니다. 그녀는 살아 있는 바이올린의 교과서라고 말하며 감탄합니다.
'들리지 않는 예술가'는 감정이 덜하지만, 기술적으로는 매우 뛰어난 연주였다고 중얼거립니다.
'또 하나의 여왕'이 기분 좋게 웃음을 터트리며 당장 바이올린과 어울리는 밴드 곡을 써야겠다고 말합니다.

음악의 신들이 그녀의 연주에 반응하고 있었다.
한지혁은 눈을 깜빡거리며 아리엘라를 바라보았다.
바이올린을 내리며 살짝 고개를 숙여 인사하는 그녀가 눈에 들어왔다.
묘한 느낌과 함께 입꼬리가 올라갔다.
'아, 이거 안 되겠는데.'
아무래도, 그녀의 팬이 되어 버릴 것만 같았다.

"저 아이가……?"

"그녀일세."

데오란트의 말에, 베론이 고개를 끄덕거리며 답했다.

베론의 답에 데오란트는 꿀꺽 침을 삼켰다.

아리엘라의 바이올린 연주를 들으며, 그들은 연신 감탄을 흘렸다.

그리고 그녀의 바이올린이 완전히 끝났을 때.

누군가 탄식하듯 입을 열었다.

"영국에서 귀한 손님이 오셨군요."

"그녀의 부모도 그녀가 참가하겠다고 말할 줄은 몰랐다고 하던데. 왜 갑자기 참가하게 된 겁니까?"

심사 위원 중 하나가 질문을 던졌다.

그의 질문에 대답할 수 있는 인물은 없었다.

그들은 그저 그녀가 누구인지를 알고 있을 뿐이지, 아리엘라가 왜 갑자기 파가니니 국제 콩쿠르에 지원했는지는 모르니까.

"시론에게 바이올린을 배웠다고 하던데…… 시론에게 물어보면 되지 않겠습니까?"

"그녀 또한 모른다고 하더군요."

데오란트가 던진 질문에 누군가 바로 답했다.

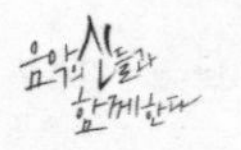

그 답에 데오란트는 '허!' 하고 숨을 토해내었다.

스승조차 몰랐을 정도로 갑작스럽게 내린 결정이라는 것이다.

아니면 그 누구에게도 알리고 싶지 않은 개인적인 이유가 있는 것이거나.

아는 이가 없으니 답답했다.

진즉부터 영국 내에서 소문이 무성하던 아이였다.

그것은 물론 그녀의 배경 때문도 있었지만, 지금껏 거쳐 간 그녀의 바이올린 스승을 통해 전해진 말들 때문이기도 했다.

아리엘라의 어릴 적 바이올린 스승 또한 그녀의 재능을 극찬했다.

지금의 바이올린 스승인 시론 또한 아리엘라의 바이올린은 얼마 있지 않으면 본인을 뛰어 넘을 것이라고 말하지 않았던가.

시론은 세계에서 가장 뛰어난 바이올리니스트들 중 하나로 손꼽히는 인물.

그런 그녀가 아리엘라의 재능을 그렇게까지 높게 평가했다면 그건 허언이 아닐 것이다.

그리고 그 실체를, 파가니니 국제 콩쿠르의 심사 위원들은 눈으로 직접 확인한 것이다.

"말도 안 되는군."

8인의 심사 위원들 중 하나인 사쿠히토는 고개를 흔들며 중얼거렸다.

그 또한 바이올린을 잡은 게 벌써 수십 년이었다.

지금 아리엘라의 바이올린이 얼마나 정교한지 잘 알 수 있었다.

"도쿠가와, 자네가 보기에도 역시 대단한가?"

"물론입니다. 그리고 사쿠히토라고 불러 주시면 됩니다. 마에스트로 베론."

사쿠히토는 고개를 살짝 숙이며 답했다.

바이올린을 수십 년 잡은 사쿠히토였지만, 베론은 작금의 클래식계에서 그 누구에게나 존경받는 사내다.

물론 사쿠히토 또한 베론을 존경하고 있는 것은 마찬가지였고.

"그녀가 이번 콩쿠르의 강력한 우승 후보입니다."

누군가 확신하듯 말을 했다.

사쿠히토 또한 고개를 끄덕거리며 그 말에 동의를 표했다.

아름다운 바이올린이었고, 너무나도 정밀하게 계산되어 있는 바이올린이었다.

사쿠히토는 연주를 들으며 소름이 돋았을 정도였다.

하지만 베론의 얼굴은 복잡했다.

무언가 생각을 하는 듯한 얼굴에 사쿠히토가 조심스럽게 입을 열었다.

"고민이라도 있으십니까?"

"아니, 고민은 없는데…… 한지혁 참가자에 대해서는 어떻게 생각하나?"

사쿠히토는 그 이름을 듣자마자 애매한 얼굴을 해 보였다.

"한국 출신의 참가자 말씀이십니까?"

"맞아. 그 한지혁."

"……솔직히 모르겠습니다. 다른 참가자들과는 전혀 다르게 추천장 하나 가지고 오지 않았습니다. 갑자기 등장한 인물 아닙니까? 그런 것을 보면 인정받는 바이올리니스트에게서 바이올린을 배운 것 같지도 않고."

"역시 그런가?"

"아무래도…… 큰 기대가 되지는 않는 게 사실입니다. 제대로 배우지 못한 바이올린은 그저 소음에 불과하니까요."

"흐음."

사쿠히토의 말에 베론은 자신의 턱을 쓰다듬으며 무대에서 있는 아리엘라를 바라보았다.

다른 이들도 확실히 한지혁이라는 인물에 대한 신뢰도와 관심도는 매우 낮았다.

심사 위원들에게 가장 주목받는 인물은 역시 아리엘라.

그녀는 방금 자신의 바이올린 실력이 매우 뛰어나다는 것도 증명해 냈기에, 어쩌면 이곳에 있는 대부분의 심사 위원들이 그녀를 내심 우승자로 지목하고 있을 수도 있다.

'과연 한지혁이 무대에 올라서면 이들이 어떻게 반응할지 궁금하군.'

어떨까?

저 옛날 파가니니와 마찬가지로 무대의 이단자로 낙인찍힐까?

아니면 천재라고 말하며 아리엘라와 마찬가지로 우승 후보로 생각하게 될까?

'후자였으면 좋겠지만…….'

솔직히 말해 베론은 전자가 될 확률이 높다고 판단했다.

눈을 지그시 감았다가 뜬 후, 그는 진행하라는 듯 다른 이들에게 손짓했다.

다른 심사 위원들의 아리엘라의 바이올린에 대한 간단한 평이 이어지고 난 뒤 그녀는 무대를 내려갔다.

베론은 그때까지 입을 다물고 조용히 상황을 지켜보았다.

시간은 빠르게 흘렀다.

또 한지혁은 아리엘라의 무대를 보며 받게 된 충격에서 빠르게 벗어났다.

아리엘라는 자연스럽게 한지혁의 바로 뒷좌석에 앉았다.

신경을 쓰지 않으려 했지만, 은근 신경 쓰이는 것은 어쩔 수 없었다.

처음 보았을 때에는 그녀의 외모에 살짝 시선이 갔지만, 그 이후에는 무언가에 이끌리듯 바이올린을 한다는 것을 본능적으로 알 수 있었다.

그리고 지금.

그녀의 바이올린을 확실하게 들은 상황에서 신경을 쓰지 않는 건 불가능하다.

자신의 차례가 가까이 다가오자, 한지혁은 자리에서 일어났다.

아리엘라가 무신경한 얼굴로 힐끗 그를 스치듯 보았다.

한지혁은 애써 그녀를 바라보지 않으며 걸음을 옮겼다.

계속 보면 그것도 또 이상하니까.

그는 백 스테이지로 향했다.

무대 자체가 그리 큰 편이 아니었기에 백 스테이지도 그리 넓지는 않았다.

한지혁은 마지막으로 자신의 옷차림을 점검했다.

연미복을 차려입지는 않았지만, 나름 단정하게 입고 왔다.

거울을 보며 옷매무새를 단정히 한 후, 바이올린을 꺼내 상태를 확인했다.

그의 바로 전 참가자가 이쪽으로 퇴장하는 것이 눈에 들어왔다.

그녀의 얼굴은 그리 밝지 못했다.

심사 위원들이 무난하다는 평을 했기 때문.

이후 점수표가 공개되어야 확실해질 부분이지만, 평가 자체가 그리 높지 않았다는 것은 예견된 사실이니 얼굴이 밝을 수 없었다.

시무룩한 표정의 참가자를 보니 한지혁도 괜히 긴장되어 한 번 숨을 토해 냈다.

무대를 향해 걸음을 옮겼다.

뚜벅뚜벅.

무대를 걸으며 걸음소리가 작게 울렸다.

모두가 형식적으로나마 한지혁의 무대에 집중하려 하는 모습을 보이고 있었다.

물론 개중에는 진짜로 집중하고 있는 이들도 있겠지.

'들리지 않는 예술가'는 긴장하지 말라며 웃음을 터트립니다.

'여섯 현의 마법사'는 마음에 들지 않는다는 듯 인상을 찡그립니다.

'팝의 황제'는 음악가는 언제나 자신감으로 살아가야 한다고 조언합니다.

그의 긴장을 안 것인지 음악의 신들도 메시지를 띄웠다.

본래 긴장하지 않았는데, 아리엘라의 연주를 본 직후로 긴장이 되기 시작했다.

그는 시선을 살짝 깔아 자신의 발끝을 바라보았다.

심호흡을 한 번 하여 긴장을 떨치고는 바이올린을 들어 자세를 잡았다.

그러자 모든 긴장이 사라지며 잡생각들도 달아났다.

지금까지 아리엘라의 연주가 머릿속에 맴돌고 있었는데, 바이올린 현에 활을 대니 완벽한 고요가 찾아왔다.

솜털 하나까지 바이올린에 집중하여 그가 활을 움직였다.

지이잉.

부드럽지 않았다.

조금은 날카로운 소리.

한지혁은 처음부터 빠른 속도로 바이올린을 연주해 나갔다.

강렬하고, 또 매혹적이다.

그의 바이올린은 아리엘라와는 전혀 다른 느낌을 가지고 있었다.

아리엘라가 틀에 맞춰진 얼음과도 같은 연주였다면, 한지혁의 연주는 틀을 거부하는 불과 같은 존재였다.

결코 가둘 수 없는 연주.

자유분방하면서도 거칠게 휘몰아치는 연주는 듣고 있는 심사 위원들을 순간 움찔하게 만들 정도로 강한 인상을 만들어 냈다.

그것은 마치 폭풍과도 같았다.

왼손으로 운지를 하고 오른손으로 활을 움직이며 화려한 기교들을 펼쳤다.

피치카토(손끝으로 현을 퉁기는 연주 기법), 그리고 이어지는 더블 스토핑(인접한 두 개의 현을 동시에 켜서 화음을 소리 내는 기법).

아리엘라는 한지혁의 연주를 들으며 주먹을 쥐었다.

심장이 떨려 왔다.

이 연주였다.

바로 이런 바이올린을 보기 위해서 이곳까지 왔다.

지금껏 세상에 자신을 드러내지 않던 그녀가 그것을 깨고 나온 이유가 바로 눈앞에 있었다.

자신이 지금까지 수십 번을 반복해서 보았던 동영상의 그 연주보다 더 발전한 느낌이었다.

분명 아리엘라 자신 또한 보여 주었던 연주다.

'똑같은 곡인데 어떻게 이렇게 다른 느낌을 줄 수 있는지…….'

그녀는 입가에 미소를 보였다.

너무나도 재미있는 연주가 아닌가!

자신이 결코 만들어 낼 수 없는 연주였기에 더 재미있었다.

한지혁의 상체가 살짝 움직이며 연주에 몸을 맡겼다.

그의 바이올린에서 연신 화려한 소리가 흘러나왔다.

거대한 울림이 홀 전체를 가득 채웠다.

생전 파가니니가 바이올린 한 대로 오케스트라의 소리를

내었다고 했다.

한지혁의 연주가 그 정도는 아니었지만, 적어도 그 흉내 정도는 내는 것 같았다.

그만큼 강렬한 소리였으니까.

한편 한지혁은 연주를 하면서 자신의 온 신경이 바이올린에 가 있다는 것을 느꼈다.

바이올린이 마치 숨이라도 쉬는 것 같았다.

완벽하게 자신의 신체 부위 중 하나가 된 것 같은 느낌.

9분간 이어진 그의 연주는 결국 끝이 났다.

화려한 연주 끝에 찾아온 코다(특별히 추가된 종결부. 악보 마디 중 강렬한 부분을 최후반에 다시 배치하여 격하게 곡을 마치거나 정적인 부분을 배치하며 침잠으로 종결하는 경우 등이 있다.)는 곡을 더욱 매력적으로 살려 주었다.

심장이 거세게 뛰는 와중에 그는 실수 하나 없이 연주를 마칠 수 있었다.

"하아."

저절로 뜨거운 숨이 내뱉어졌다.

한지혁은 자신의 연주에 만족했다.

그의 연주는 스스로 판단하기에 무척이나 괜찮았으니까.

그리고 음악의 신들도 그것을 인정해 주었다.

'팝의 황제'는 박수를 치며 당신의 연주는 매우 준수했다

고 말합니다.

'여섯 현의 마법사' 또한 완벽하지는 않았지만, 상당히 좋은 연주였다며 당신을 칭찬합니다.

'들리지 않는 예술가'는 피식 웃으며 하면 할 수 있지 않느냐고 말하며 당신을 응원합니다.

그들의 메시지를 보며, 한지혁은 웃었다.

연주가 성공적이었다는 것은 의심할 여지가 없었으니까.

이런 상황에도 어쩐지 시선이 관객석에 앉아 있는 아리엘라에게로 향했다.

그녀는 과연 어떻게 판단하고 있을까.

기분 좋은 미소가 맺혀 있는 아리엘라의 입가가 눈에 들어왔다.

과연 저 미소는 어떤 의미일까?

알 수 없었다.

그리고 한지혁은, 천천히 시선을 움직여 심사 위원들이 앉아 있는 자리를 바라보았다.

여덟 명의 심사 위원들의 표정은 전부 제각각이였다.

그중 가장 눈에 들어온 얼굴은 바론이었다.

그는 흐뭇한 얼굴로 한지혁을 바라보고 있었다.

적어도 그는 한지혁에게 괜찮은 점수를 주리라.

바론의 옆에 있는 심사 위원에게로 시선을 움직이는데.

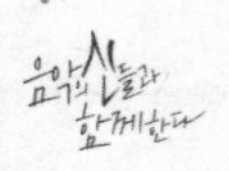

한 칸 떨어져 앉아 있던 심사 위원이 입을 열었다.

자신의 앞에 놓여있는 마이크를 들어 올리고는 말한다.

"매우 혼란스러운 연주였습니다. 이런 연주를 무려 파가니니 국제 콩쿠르에서 듣게 될 줄은 몰랐습니다. 매우 실망스럽군요."

유일한 동양인 심사 위원, 사쿠히토 도쿠가와가 말했다.

한지혁의 얼굴이 살짝 굳었다.

chapter. 2

당황스러웠다.

이렇게 갑작스럽게 혹평을 들을 줄은 몰랐으니까.

'혼란스럽고, 실망스럽다고?'

자신의 연주에 자부심을 느끼고 있던 한지혁으로서는 굉장히 당혹스러울 수밖에 없었다.

문제는 너무나 당연하게도 심사 위원, 사쿠히토가 그런 그를 배려하여 말을 멈출 리 없다는 것이었다.

"무척이나 안타깝습니다. 규칙 없이 자기 마음대로 바이올린을 연주하는 모습은…… 듣는 내내 불편했으니까요."

"……."

한지혁은 그 말에 아무런 답도 할 수 없었다.

애초에 그는 참가자였다. 심사 위원에게 아무런 말도 할 수 없는.

옆에 앉아 있던 심사 위원들의 표정이 애매하게 변했다.

베론의 얼굴은 더욱 그랬다.

그는 고개를 돌려 사쿠히토를 바라보면서 무슨 말을 하려는 것인지 이해하지 못하겠다는 듯 눈빛을 보내고 있었다.

사쿠히토는 들으라는 듯 한숨을 내쉬었다.

“왜 그런 연주를 한 것인지 모르겠군요. 체계적이지 못했고, 파가니니의 곡을 완벽히 분석하지 않은 모습이었습니다.”

한지혁이 살짝 고개를 숙였다.

과연 자신은 그 말을 어떻게 받아들여야 하는가?

연주를 못했기 때문에 사쿠히토가 정말로 실망을 해서 이런 평을 내놓은 것인가?

이건 사쿠히토 개인의 생각인지, 아니면 모든 심사 위원들이 비슷한 생각을 하고 있는 것인지조차 모르겠다.

한지혁으로서는 자신의 연주가 괜찮았다고 생각했기에…… 두려웠다.

자신이 옳다고 생각하는 연주가 혹시 틀렸을까 봐.

‘아니, 그건 아니야.’

그는 금방 무너질 것만 같은 자신의 마음을 다잡을 수 있었다.

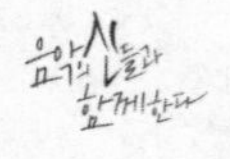

자신이 옳다 생각하는 게 틀렸을 수 있지만, 적어도 음악적인 부분에 있어서, 적어도 이번 연주에 있어서는 아니었다.

실제로 음악의 신들도 꽤나 호평을 해 주지 않았던가?

음악의 절정에 오른 그들이 좋다고 말을 했으니 결과적으로 그리 나쁜 연주는 아니었다는 뜻이다.

한데 어째서 사쿠히토 심사 위원은 이런 말을 하는 것일까.

한지혁은 최대한 차분하려 노력했다.

그게 쉬울 리 없었다.

자신이 주도권을 쥐고 있는 상황이 아니기 때문에 더더욱 그랬다.

그 와중에 사쿠히토 심사 위원의 말은 이어지고 있었다.

"감정적인 부분은 물론 괜찮았지만, 그 외 기술적인 부분이나 전체적으로 곡의 균형에 대한 부분은 너무 아쉽군요. 솔직히 말해서…… 이대로는 힘들 겁니다."

엄청난 혹평이었다.

'들리지 않는 예술가'는 어처구니가 없다는 듯한 얼굴로 상대를 바라봅니다. 귀가 멀쩡한지 의심부터 해 봐야 한다며 고개를 흔들어 보입니다.

'거리 위의 천사'가 눈살을 찌푸리며 화를 표현합니다. 당신의 음악은 분명 괜찮았다며 당신을 위로합니다.

'또 하나의 여왕'은 상대를 보고 피식 웃고는 침을 뱉습

니다.

음악의 신들이 한지혁의 눈앞으로 메시지들을 띄웠다.
안타깝게도 한지혁은 그것에 집중할 수 없었다.
사쿠히토 심사 위원은 더 말을 이어 나가려는 것인지 입을 달싹거렸지만 베론이 막았다.
"거기까지만 하지."
"……."
베론의 말에 사쿠히토는 바로 입을 다물었다.
잠시 어떻게 말을 해야할지 고민하던 베론은 결국 부드럽게 미소를 보이며 한지혁의 바이올린을 평가해 주었다.
"사쿠히토 심사 위원이 말한 부분도 물론 맞긴 합니다. 하지만 저는 당신의 연주가 상당히 듣기 좋았습니다. 감정이 너무나도 잘 살아 있었고, 파가니니 특유의 분위기가 느껴지더군요. 잘 들었습니다."
완전히 사쿠히토 심사 위원의 평을 정반대로 깨부수는 평은 아니었다.
당연했다.
심사 위원들끼리 내부 분열이 일어나서는 안 될 일이니까.
적어도 다른 참가자들이 다 보고 있는 앞에서는 그러면 안 된다.
그래서 베론은 이 정도 선에서 그쳤다.

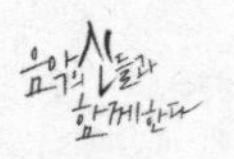

본래 그는 나서서 심사평을 말하거나 할 생각이 전혀 없었다.

이번에 나선 것은 다른 심사 위원들이 사쿠히토와 조금 다른 의견을 가지고 있다면 편하게 말할 수 있도록 하기 위함이었다.

다행히도 그것이 통했는지, 베론이 마이크를 내려놓자 데오란트가 바로 마이크를 들었다.

"괜찮은 연주였습니다. 기법의 사용에도 능숙했고요. 감정 컨트롤도 좋았다고 생각합니다. 사쿠히토 심사 위원의 말처럼 곡 해석 부분에 있어서 약간의 아쉬움이 있기는 합니다만……."

다른 심사 위원들의 평도 이어졌다.

대체적으로 사쿠히토만큼이나 강하게 혹평을 하지는 않았지만 아쉽다는 지적은 많았다.

좋은 뉘앙스로 아쉽다고 말하는 이도 있었고, 그리 좋지 않은 뉘앙스로 말하는 이도 있었다.

무대 밑으로 내려가는 한지혁의 발걸음은 무거웠다.

자신이 그렇게까지 연주를 못 했나 싶었으니까.

이번 생에 음악을 시작한 후로부터 이렇게까지 다른 사람의 말에 영향을 받아 휘둘린 적은 없었다.

한데 지금은 어쩔 수 없이 자신은 참가자, 상대는 심사 위원라는 위치가 있어서 그런 것인지 휘둘릴 수밖에 없었다.

무대를 내려가는 그를, 아리엘라는 조용히 지켜보았다.

그녀는 한지혁이 무대를 다 내려가는 것을 보고는 바로 고개를 돌려 뒤쪽에 있는 심사 위원석을 바라보았다.

사실 그녀에게도 그리 좋지 않은 행동이었다.

심사 위원의 평가에 반대한다는 표현을 조금이지만 한 것이니까.

다행히도 아리엘라의 행동에 신경 쓰는 심사 위원은 없었다.

아니, 정확히는 신경 쓸 수가 없었다.

"……꼭 그렇게까지 말을 했어야 했나?"

한지혁이 무대에서 내려가고, 다음 참가자가 무대로 올라오기까지 찰나의 시간.

사쿠히토가 베론을 바라보며 말했다.

"마에스트로 베론, 저로서는 굉장히 불쾌한 연주였습니다. 파가니니를 모욕했다고 해도 될 정도로 자기중심적 해석이 가득한 연주였고……."

"그래도 말을 조금 더 부드럽게 했으면 좋았을 것 같네. 우리의 일은 공정하게 심사를 보는 일이지, 참가자의 기를 죽이는 것이 아니니까."

"명심하겠습니다. 마에스트로 베론."

사쿠히토는 결국 고개를 살짝 숙이며 답했지만, 그는 자신의 생각을 꺾지 않았다.

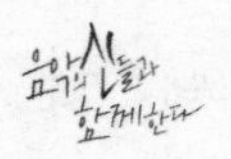

'아무리 생각해도 정신없는 음악이었는데, 그 연주를 괜찮다고 하다니.'

다른 심사 위원들이 도저히 이해가 되지 않았다.

한지혁은 자신의 무대를 끝내고, 본선 무대에 가만히 앉아서 잠시 무대를 더 지켜보다가 나왔다.

어차피 결과는 추후 통보해 줄 것이니 기다릴 필요는 없었다.

그저 생각을 정리하고 싶어서 음악을 들으려 한 것인데, 오히려 그 자리에 앉아 있으니 머리가 더 복잡해지는 듯한 느낌이었다.

바이올린을 챙겨 숙소로 걸음을 옮겼다.

숙소로 가기 위해서는 작은 광장 하나를 꼭 지나쳐야 했는데, 그는 광장에서 연주를 하는 바이올리니스트를 보며 볼을 긁적거렸다.

저렇게 자유롭게 연주를 하는 것은 과연 틀린 연주일까?

'사실…….'

뭐가 문제였는지는 대충 알 것 같았다.

심사 위원들은 서로 말은 다 다르게 했지만 결국 그들의 말이 의미하는 것은 같았다.

한지혁의 곡은 규칙적이지 못하고, 확실하게 파가니니의 곡을 옮기지 못했다.

제멋대로 자신의 감정에 따라 연주했다.

이런 평이 지배적이었고, 한지혁은 심사 위원들이 대충 어떤 생각을 가지고 그런 말들을 했는지 이해할 수 있었다.

머리로는 분명 이해가 된다.

하지만 공감은 되지 않았다.

정말로 솔직하게 말해서, 한지혁은 자신의 연주가 틀렸다고 생각하지 않았으니까.

오만한 생각일지도 모른다.

하지만 정말로 그랬다.

파가니니를 이해하고, 그와 같은 마음으로 곡을 연주한 것이다.

나름 만족스러운 연주였는데 혹평을 받았다.

탁.

작은 소리를 내며 숙소의 문이 닫힌다.

그는 바이올린을 한쪽에 내려놓고는 한숨을 내쉬며 침대 위로 몸을 뉘였다.

"결국 내 스타일을 포기해야 하는 건가?"

고민이 되었다.

심사 위원에게 혹평을 받았고, 아리엘라의 연주 또한 들었다.

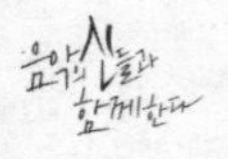

그녀의 연주는 말 그대로 정석에 가까운 연주였다.

음악의 신들이 인정했을 정도로 '교과서적'인 연주.

철저하게 곡을 분석하고 연구해서 내놓은 결과다.

한지혁은 악보의 분석하기보다는 파가니니가 어떠한 생각으로 곡을 만들었을지, 파가니니 그 자체를 이해하고 곡을 연주하는 것과는 방향성 자체가 달랐다.

그리고 콩쿠르를 위해서는 교과서적인 연주가 잘 맞는 것이 사실이었다.

누가 더 잘 연주했는지를 따지기보다는 어느 부분에서 감점 요소가 없었는지를 따지며 심사를 하니까.

'이것 참…….'

황당했다.

우승까지 가야 하는 입장인데, 본선을 치르고 와서는 벌벌 떨고나 있다니.

스스로가 한심하기까지 했다.

이게 뭔가 싶었다.

그는 침대에 한참을 누워 있다가 벌떡 몸을 일으켰다.

수많은 생각들이 그의 머릿속에 떠다녔다.

그는 자신의 노트북을 켜서 자신에게 가장 혹평을 한 심사위원의 이름을 미튜브에 검색했다.

사쿠히토 도쿠가와.

그는 일본에서 굉장히 저명한 바이올리니스트였다.

그는 일본의 악단들과 자주 협연을 했으며 때때로 해외의 다른 교향악단들과도 협연을 했다.

한지혁은 그가 협연을 한 동영상을 찾아 재생시켰다.

그의 연주가 어떤지 직접 들어보고 싶어서였다.

노트북을 통해 바이올린 소리가 들려왔다.

한지혁은 사쿠히토의 연주에서 하나라도 놓치지 않기 위해 노력했다.

그의 연주 스타일은 아리엘라와 비슷하다고 봐야했다.

감정은 조금 덜하지만, 당장 음표 하나에 더 집중을 해서 완벽하게 연주하려고 애쓰는 모습이 재생되고 있었다.

연주가 끝났을 때 모두가 박수를 보냈다.

그것을 듣고, 한지혁은 머리를 헝클었다.

자신이 추구하는 스타일과는 정반대였으니까.

하지만…….

"과연 듣는 이를 만족시킬 수 없는 음악이…… 음악일까?"

어쩌면 소음이라 느끼지 않을까?

그런 걱정이 앞섰다.

결국 한지혁도 음악가다.

그는 자신의 곡이 누군가에게 좋게 들렸으면 하는 마음을 가지고 음악을 하는 것이고.

바이올린을 하는 것 또한 마찬가지였다.

누군가가 자신의 연주를 듣고 기뻐했으면 좋겠다는 마음

을 가지고 연주하는 것이었다.

'근데 그렇다고 내가 추구하는 음악을 버릴 수는 없잖아.'

그렇기에 더욱 고민이 되는 것이다.

심사 위원들이 듣고 싶어 하는 음악이 뭔지는 이제 확실히 알았다.

교과서적인 음악.

그래, 그런 연주를 들려주면 그들은 호평을 할 것이다.

한지혁은 미간을 찡그렸다가 펴고는 자리에서 일어나 바이올린을 들었다.

그는 바로 연주를 시작했다.

이 답답함을 연주로 풀고 싶었으니까.

그런데 연주를 시작하자 오히려 더 복잡해지는 느낌이었다.

아까 들었던 사쿠히토 심사 위원의 말이 머릿속에 자꾸만 울렸다.

그는 '듣는 내내 불편한 음악'이었다고 말했다.

음악의 신들이 한지혁을 위로해 주었지만, 그것은 그에게 생각보다 큰 타격을 가지고 왔다.

생각이 꼬리에 꼬리를 물고 이어진다.

그리고…….

이대로는 힘들 겁니다.

사쿠히토 심사 위원은 그런 말도 했다.

그 말은 즉, 한지혁이 우승하지 못할 것이라는 말.

그 말을 계속해서 곱씹자 짜증마저 생겨났다.

쯧 하고 혀를 찬 한지혁은 속으로 다짐했다.

과연 이번 본선 결과가 어떻게 될지 모르겠으나, 그가 붙어서 준결승 무대를 보일 수 있게 된다면…….

'무조건 그들이 원하는 음악을 들려준다.'

그가 음표 하나하나에 집중하여 교과서적인 연주를 하게 된다면 어떤 연주가 나오는지 똑똑히 보여 주리라.

"언니."

"응?"

이하영은 한창 육포를 씹으며 드라마를 보다가 고개를 돌려 지현을 바라보았다.

그녀의 순진무구한 얼굴에 이지현은 피식 웃었다.

자신보다 나이는 많지만, 이하영은 때때로 자기보다 어린 듯한 모습을 보일 때가 있다.

반대로 굉장히 어른스러운 모습을 보일 때도 있고.

"지혁 오빠랑 연락돼?"

"아니, 한 일주일 정도 연락 안 한 것 같은데. 왜, 연락 안

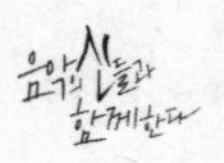

받아?"

"응, 아까 한두 시간 전에 문자 보냈는데…… 안 보네."

"이번에 콩쿠르 준비하느라 바쁘겠지, 뭐."

이하영은 어깨를 으쓱거리며 대수롭지 않게 말했다.

그녀의 말에 이지현은 괜히 걱정스러워하다가 마음이 편안해지는 것을 느꼈다.

혹시 무슨 일 있나 싶어 걱정되었지만 생각해 보니 콩쿠르를 준비하느라 바빠서 못 보는 것일 수도 있겠다 싶었던 것.

"지혁 오빠랑 연락 안 되면 괜히 걱정되더라고. 좀 예민해진 것 같아."

다른 이들이랑 연락을 할 때는 안 그러는데, 유독 한지혁과 연락을 할 때만 그랬다.

이유는 있었다.

한지혁이 쓰러졌던 일은 이지현에게도 엄청난 충격이 되었으니까.

혹시나 또 그럴 일은 없겠지만 한지혁과 연락이 안 될 때마다 정말 만약에라도 한지혁이 다시 쓰러진 것이라면 어쩌나 하는 불안이 생기고는 했던 것이다.

그래도 여유 있는 이하영의 모습을 보니 자신의 걱정이 쓸데없는 것이라고 생각하게 되었다.

자신이 걱정했다는 사실에 괜히 기분이 이상해져서, '헤' 하고 한 번 웃음을 흘린 이지현은 몸을 살짝 움직여 이하영의 어깨에 자신의 머리를 기댔다.

“왜 이래, 갑자기.”

“그냥.”

이지현은 고맙다는 말을 ‘그냥’이라는 단어 하나로 설명했다.

그녀에게 이하영은 상당히 큰 지지대가 되어 주고 있었다.

지난 데뷔 앨범에 대해서도 말이 많았을 때 그녀를 붙들어 준 사람도 이하영이었고, 때때로 힘들 때마다 조언을 해 준 사람도 이하영이었으니까.

‘지혁 오빠도 있었고.’

축복이라는 생각이 들었다.

데뷔 때부터 탄탄대로를 달리게 된 것이니까.

이하영과 한지혁이라는 두 명의 큰 조력자를 곁에 두고 말이다.

“지혁 오빠, 콩쿠르에서 우승하는 게 목표라고 하던데. 진짜로 우승할 수 있을까?”

이지현이 눈을 슬쩍 들어 이하영을 바라보며 물었다.

그녀의 생각은 어떨까 싶었다.

한지혁은 꽤나 신기한 사람이다.

그는 못 할 것 같은 일들도 해내고는 했으니까.

그래서 조금 기대가 되기도 했다.

머리로는 파가니니 국제 콩쿠르에 우승하는 게 말이나 되

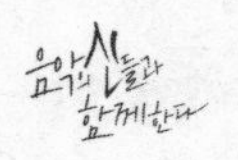

는 소리인가 싶지만, 또 한편으로는 혹시나 하는 생각이 들었으니까.

이하영은 어떻게 생각할지 궁금했다.

"흐음."

작게 소리를 낸 이하영은 고개를 움직여 자신의 머리로 이지현의 머리를 살짝 건드렸다.

"글쎄, 어떨지 모르겠네."

분명 말은 어떻게 될지 모르겠다고 말을 한다.

하지만 이지현은 그녀의 목소리에 확신이 담겨 있다는 것을 알 수 있었다.

슬쩍 눈을 들어 이하영의 눈을 바라보았다.

그 눈빛에도 마찬가지로 확신이 담겨 있었다.

한지혁이 콩쿠르에서 우승을 할 것이라는 확신이.

그리고 뜬금없이 이지현은 이하영의 눈을 마주 보다가 그녀의 눈이 고양이의 그것과 닮았다고 생각했다.

정답이란 무엇일까?

한지혁이 뜬금없이 그런 것을 생각하는 것에는 무리가 없었다.

그는 자신의 앞에 놓여 있는 샌드위치를 들어 입에 집어넣었다.

아주 간단한 샌드위치였다.

서양권에서 기본이라고 할 수 있는 베이컨, 양상추, 토마토가 들어간 기본적인 샌드위치였으니까.

화려하지는 않았지만 맛은 있었다.

한지혁이 샌드위치를 먹으며 고민에 빠졌다.

쓸데없는 고민은 아니었다.

그의 음악에 관련된 고민들이었으니까.

한지혁의 음악은 무어라 쉽게 정의할 수 없었다.

말 그대로 '한지혁'이라는 인간을 담고 있는 음악이었으니까.

그리고 한지혁은 말 한마디로 설명할 수 있는 존재가 아니었다.

'교과서적인 음악이라…….'

한지혁은 심사 위원들이 듣고 싶어 하는 연주를 들려주기로 결정했다.

그 결정을 후회하지는 않았다.

한지혁은 성격상 한번 무언가를 결정했으면 의심 없이 앞으로 달려 나가는 편이었으니까.

지금 그가 고민하고 있는 것은 '과연 한지혁이라는 사람을 얼마나 버려야 하는가.'였다.

교과서적인 연주를 한다고 마음먹게 된다면 어쩔 수 없이 지금까지 한지혁이 보여 오던 그의 존재감을 지울 수밖에 없었다.

연주를 하는 사람이라기보다 더 곡에 더 집중을 해서 음표 하나를 가지고 수도 없이 많은 생각과 분석을 거치며 해 나가는 일이다.

샌드위치와 비슷하지 않은가?

결국 중요한 것은 이 샌드위치의 맛인데.

심사 위원들은 샌드위치에 어떤 빵이 사용되었으며, 어떠한 재료들이 샌드위치를 채우고 있는지를 본다는 거니까.

솔직히 말해 그것이 마음에 들지는 않았지만 이건 콩쿠르였다.

결국 자신의 고집만 부리며 한지혁이라는 사람의 바이올린을 보여 주려다가 우승하지 못할 수도 있다는 뜻.

"짜증 나네."

심사 위원들의 평가가 잘못되었다고 생각하진 않았다.

일단 그들도 각자의 기준에 따라 심사를 하는 것이고, 한지혁은 그 기준에 맞추지 못했을 뿐이니까.

하지만 과연 심사 위원들이 좋은 연주를 하고 좋은 음악을 하는 사람인지에 대한 확신은 들지 않았다.

적어도 베론은 인정한다.

그는 한지혁의 노래를 인정하고 그것이 가진 가치를 잘 알고 있었으니까.

다른 심사 위원들은 연주의 본질적인 부분보다는 보다 형식적인 부분에 집중하고 있었다.

그게 왜 이리도 마음에 들지 않는 것인지.

샌드위치를 다시 한입 베어 문 한지혁은 테이블 한쪽에 펼쳐진 노트를 바라보며 펜을 굴렸다.

한지혁이라는 존재를 얼마나 지우며 연주해야 하는 걸까?

자신의 존재감을 어느 정도 살리며 음악성을 조금이나마 강조해도 되는 걸까?

아니면 완전히 그 존재를 지우고 오로지 곡만을 드러내어야만 할까?

그의 마음은 분명 한지혁이라는 존재도 살아나야 한다고 말을 하고 있었다.

문제는 심사 위원들의 기준에 따르기 위해서는 자신의 존재를 완벽히 지우는 게 유리할지도 모른다는 생각이 자꾸 든다는 사실이었다.

"쯧!"

한지혁은 혀를 차고는 결국 반쯤 남은 샌드위치를 그대로 내려놓고 자리에서 일어났다.

샌드위치는 맛이 있었지만, 한지혁은 입맛이 없었다.

터덜터덜 걸음을 옮기는 그를 향한 카메라가 있다는 것을 한지혁은 인식하지 못했다.

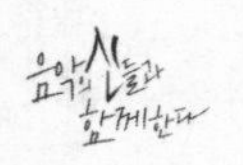

한국 시간으로 이른 새벽.
커뮤니티에 글이 하나 올라왔다.
글은 순식간에 퍼져 나갔다.

나 여행 왔는데, 한지혁 봄.

제노바 여행 와서 밥 먹고 있었는데 옆에서 노트에 뭐 끄적거리고 있는 한국인이 보이는 거임.

여행 와서 한국인 봐서 인사라도 하려고 했는데, 얼굴 자세히 보니까 한지혁이었음.

거짓말 안하고, ㄹㅇ 깜짝 놀라서 아무것도 못 했다.

사진 한 장 겨우 건짐.

[사진]

이거 한지혁 맞지?

내가 잘못 본 거 아니지?

—뭐야. 한동안 조용하다 싶었는데 왜 뜬금없이 제노바에 가 있어? 한지혁 제노바에서 무슨 스케줄 있었나?

—띠용? 뭔 소리야? 한지혁이 왜 제노바에 있어? 여행 간 건가?

—뭐야, 몇 달 동안 아무 소식 없더니 여행 다니고 있었던 거임?

—근데 여행 갔다고 치기에는 표정 겁나 심각하지 않냐? ㅋㅋㅋ

ㅋㅋ

—미간 살짝 찌푸린 거 왜 이리 섹시하지? 겁나 이국적이야.

처음에는 단순한 불씨일 뿐이었다.
한지혁이 거기서 뭐 하고 있는 거냐는 정도의 관심.
그리고 그 관심은 본래 쉽게 꺼질 관심이었다.
한 유저의 추측성 글이 아니었다면 말이다.

한지혁이 제노바에 가 있다는 거 보고 생각난 건데, 이번에 제노바에서 파가니니 국제 콩쿠르 열림. 호오옥시……?

—그게 무슨 상관인데?

—한지혁이 제노바가 있다는 소리에 제노바 검색해 보니까 예쁘긴 하더라. 여행 가기 좋은 듯.

—쓰니 ㅋㅋㅋ 설마 한지혁이 파가니니 국제 콩쿠르에 나갔다는 말하려는 거 아니지? 내가 바이올린 전공이라서 하는 말인데, 국제 콩쿠르에 나가는 거 그리 쉬운 일이 아님.

—한지혁이 바이올린을 할 줄 아는지도 모르잖아. 개뜬금없이 파가니니 국제 콩쿠르 ㅇㅈㄹ 말고 좀 현실적인 생각을 해 봐라.

당연히 많은 이들이 말도 안 되는 소리하지 말라며 그 의견을 일축했다.

대부분 '뭔 개소리래?'라는 반응을 보이며 그저 그 추측성 글을 넘겼다.

그들의 상식으로도 파가니니 국제 콩쿠르는 대단한 대회였다.

한지혁이 설마 거기에 나가기 위해서 제노아에 갔다는 건 말이 되지 않았던 것이다.

하지만 모두가 말도 안 된다고 생각한 것은 아니었다.

근데 한지혁 원래 바이올린 잘하지 않았냐?

저번에 이지현 앨범 때 작곡, 작사한 곡에 바이올린 연주 있었던 거, 한지혁이 직접 연주한 거라고 하던데.

그리고 저번에 왜 그거 영상 있지 않았음?

한지혁이 바이올린 하는 영상 어디서 본 것 같은데.

—한지혁이 바이올린을 할 수 있다고? 뭔 소리야, 그건 또.

—무슨 영상? 나 못 봤는데.

—쓰니 진심으로 한지혁이 바이올린 잘한다고 생각하고 있는 건가? 진지빠는 건지 장난치는 건지 헷갈리잖어.

—영상 있으면 가지고 와 봐. 궁금하네.

한지혁이 바이올린을 잘 켠다는 사실을 아는 이들은 많지 않았다.

그가 바이올린을 켜는 영상은 해외에서 어느 정도 유명해졌지만, 한국에서는 크게 관심을 가지지 않았던 탓.

영상을 본 이들도 몇몇 있었지만, 그들도 그저 그런가 보다 하고 넘겼을 뿐이었다.

크게 화제가 된 적이 없었기에 아는 사람만 아는 정도였던 것이다. 뒤늦게 영상이 불타오르기 시작했다.

야, 한지혁 바이올린 x나 잘하는데?

[동영상]

내가 바이올린을 잘 모르긴 하지만 이 정도면 겁나 잘하는 거 아니냐?

—??? 저거 뭐야. 바이올린 왜 이렇게 잘해.

—나 영상 중간에 이하영도 본 것 같은데 내 착각임? 1분 12초 한 번 봐 봐. 카메라 움직이면서 살짝 보이지 않냐?

—와 미쳤네, 미쳤어……. 나 현악 전공인데, 우리 학교 교수님보다 잘하는 듯. 저 정도 실력이면 국제 콩쿠르도 한번 경험상 도전해 볼 법한 것 같은데? 진짜로 콩쿠르에 참가하려고 제노바로 간 건가?

—진짜로 바이올린을 한다고? 저 새끼는 뭐 하는 놈인데 다 잘하냐?

커뮤니티가 또 한 번 불타올랐다.

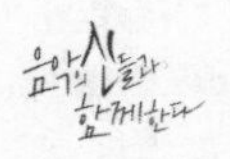

그들은 한지혁에 대해서 시끄럽게 떠들기도 했고, 함께한 이하영과 이지현이 과연 공식적인 스케줄로 함께 갔었던 것인지에 대해서도 의심했다.

물론 포커스는 계속해서 한지혁에게 가 있었다.

대중은 그가 과연 무슨 일로 제노바에 간 것인지 열심히 추측하기에 바빴다.

커뮤니티에서만 뜬 것이 아니라, 기자들도 관심을 가지고 한지혁을 파고들기 시작했다.

인터넷이 한바탕 떠들썩해졌지만 JK도, 한지혁도 공식적인 입장을 밝히지는 않았다.

결국 모두가 추측성 발언만 할 수밖에 없는 상황이었다.

누구는 그냥 여행이라고 말하고, 또 누구는 정말로 파가니니 국제 콩쿠르에 참가했다고 말한다.

그런 혼란스러운 상황 속.

댓글 하나가 유독 존재감을 발했다.

ㅡ진짜 만약에 한지혁이 파가니니 국제 콩쿠르에 나간 거면…… 대한민국은 천재의 탄생에 기뻐해야 하는 거다.

"인터넷 커뮤니티도 그렇고, 기사들도 여럿 뜨고 있는 중

입니다.”

이하균 팀장이 살짝 고개를 숙이며 말을 했다.

한지혁이 활동을 하지 않은 지 5개월이 지났다.

그동안 이지현도 활동하고, 다른 가수들도 활발한 활동을 했지만 한지혁만 따진다면 이제 슬슬 컴백을 준비해야 하는 시기였다.

아슬아슬하다고 생각을 하고 있었는데, 때마침 이런 일로 대중이 알아서 들썩들썩 해 주니 이하균 팀장으로서는 다행이라는 생각이 들었다.

조진욱 대표도 비슷한 생각이었는지 얼굴이 밝았다.

“한지혁 씨하고 연락은?”

“며칠째 연락되지 않고 있긴 한데, 콩쿠르 때문에 연락이 잘 안 될 거라고 먼저 말해 둔 것을 생각해 보면 문제가 있는 것 같지는 않습니다.”

“지난번에도 뭐 준비한다고 하고 쓰러지지 않았나?”

“……무리는 하지 않겠다고 했으니, 해외에 나가서 갑자기 쓰러지는 일은 없을 겁니다.”

조진욱 대표의 말에 이하균 팀장은 조금 어색한 얼굴로 답했다.

픽 웃음을 흘린 조진욱이 고개를 끄덕였다.

“그래야지. 우리 회사 소속 가수가 해외 나가서 뜬금없이 쓰러지면 일이 커지는 거니까.”

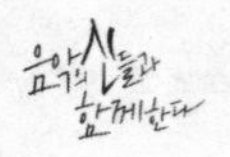

"……."

"지금 문제는…… 이걸 제대로 된 홍보 자료로 쓰면 효과가 있을 것 같지만 한지혁 씨가 허락하지 않았다, 이건가?"

"예, 한지혁 씨는 되도록 알리고 싶지 않다고 말을 한 상태라서 저희 측에서 홍보 자료를 풀기가 애매한 상황입니다."

지금 상황을 제대로 이용하기 위해서는 홍보 자료를 풀어 기자들이 마음껏 기사를 쓸 수 있도록 해 주는 것이었다.

그러면 한층 더 소문이 퍼져 나가며 한지혁이 파가니니 국제 콩쿠르 본선에 참여할 정도로 바이올린 실력이 뛰어나다는 사실이 화제가 될 것이다.

그리고 그것은 한지혁이라는 이름을 알리는 것에 있어서 굉장히 큰 도움이 될 것이고.

JK 엔터테인먼트 입장에서도 나쁘지 않은 일이다.

문제는 한지혁이 그것을 원치 않다는 점.

"그럼 그냥 둬. 공식 발표는 하지 말고. 나중에 콩쿠르 끝나고 발표해도 늦지 않아."

"알겠습니다."

이하균 팀장은 기회를 놓치게 되었다는 사실이 아쉬웠지만 고개를 살짝 숙이며 답했다.

그가 할 수 있는 일은 많지 않았다.

"조용히 있다가 상이라도 받아 오면 그게 더 큰 홍보가 될 거야."

조진욱이 말했다.

상을 받으면 한지혁이 원하든 원하지 않든 어쩔 수 없이 알려지게 되어 있다.

굳이 지금 나서서 홍보 자료를 뿌리는 것보다는 상을 받았을 때 본격적으로 나서는 게 이득이다.

조진욱은 그렇게 판단했다.

이하균은 그렇게 말을 하는 조진욱에게 차마 묻지 못했다.

'정말로 한지혁 씨가 입상할 거라고 생각하고 계신 건 아니죠?'

그 질문을 그는 속으로 삼켰다.

점심.

한지혁은 본선에 통과해 준결승에 진출했다는 전화를 받았다.

하지만 그는 기뻐할 수 없었다.

여전히 머릿속이 복잡했으니까.

그것 때문에 며칠 동안 다른 이들의 연락을 받지 않았다.

부모님의 연락에만 가끔 답할 뿐 다른 이들에게는 양해를 구하고 연락을 이어 나가지 않은 것이다.

연락이 오더라도 스마트폰을 들기보다는 바이올린을 들

고 있는 시간이 많았기에 몇 시간 후에야 답장할 수밖에 없었다.

수많은 바이올린 연주와 몇 번의 산책 끝에 한지혁은 결정할 수 있었다.

자신이라는 존재를 완전히 지우고, 곡에만 집중하기로.

심사 위원들이 원하는 연주는 결국 그것일 테니까.

아리엘라가 선보이는 곡도 비슷하고.

그렇게 결정한 후 파가니니의 곡을 한지혁은 철저하게 분석해 나가기 시작했다.

과연 파가니니는 이 곡을 통해 무엇을 말하고자 했을까?

이 음 하나는 어떠한 의도로 집어넣은 것일까?

곡의 전체적인 분위기는 어째서 이런 걸까?

특정 부분의 강약을 살리며 연주를 하면 곡이 어떻게 변할까?

……수없이 많은 음정들을 분석하고 반복되는 연습으로 더 '옳은' 연주를 찾아 나갔다.

실수는 용납하지 않았다.

그는 완벽을 원했으니까.

지이잉.

바이올린 소리가 방 안 가득 울리며 한지혁이 바이올린 그 자체에 매우 집중하고 있다는 것을 알려 주었다.

지금껏 지켜오던 것들을 전부 버리고 완벽히 새로 다시 시작하는 마음으로 그는 곡을 연주해 나갔다.

준결승에서 한지혁이 선택한 곡은 파가니니 바이올린 협주곡 4번이었다.

약 30분 정도 길이의 곡.

한지혁은 그것을 솔로 바이올린으로 살려 연주할 생각이었다.

그가 마음의 결정을 하고 제대로 된 준비를 시작한 시점은 준결승 날까지 남은 시간이 이틀 정도밖에 되지 않는 때였다.

하지만 한지혁은 자신이 완벽하게 파가니니의 곡을 연주해 보일 수 있다는 확신을 가지고 있었다.

그 스스로가 확신을 가지지 못하면 될 일도 안 된다는 것을 한지혁은 잘 알고 있었으니까.

이틀 동안 한지혁은 곡을 파악하기 위해 죽어라 노력했다.

뜯어보고, 분석하고 또 해석했다.

연습도 전혀 다른 방식으로 진행했다.

한지혁이라는 이름이 바이올린에 드러나지 않도록 연주했다.

그것은 마치 무결점한 벽을 보는 것 같은 느낌이었다.

특색 없는 회색의 벽.

이틀 동안의 노력 끝에 한지혁은 결국 그것을 완성해 낼 수 있었다.

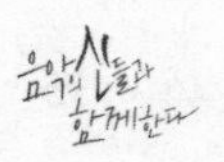

준결승의 날이 밝았다.

긴장 때문인지 손에 땀이 나는 느낌이었다.

무릎에 손바닥을 닦은 한지혁은 고개를 들어 화면에 비춰지고 있는 무대를 바라보았다.

대기실.

준결승부터는 긴장감이 전과는 상상도 할 수 없을 정도로 높았다.

공기 자체가 가라앉아 있는 듯한 느낌이었다.

고개를 슬쩍 돌려 아리엘라를 바라보았다.

총 열두 명의 인원.

여기서 결승까지 올라간다면 입상은 확실시된다.

절반인 여섯 명이 결승으로 올라간다.

그중 우승이 누구일지는 아무도 모른다.

한지혁은 눈을 감고 정신을 집중했다.

스스로를 지우고 연주를 한다는 것이 과연 제대로 성공할 수 있을지.

오늘 무대를 통해서 드러날 것이다.

검은색의 드레스를 입고 있는 아리엘라는 거울을 보고 있다가 시선을 움직여 한지혁이 있는 쪽을 보았다.

시선이 허공에서 얽혔다.

한지혁은 잠시 고민했다.

말을 걸까, 말까?

그녀의 바이올린에 굉장히 관심이 있었고, 어떤 의미로는 존경까지 하고 있었지만, 괜히 말을 걸어서 그녀의 집중을 깨트리고 싶지는 않았다.

하지만 그런 그의 생각은 쓸데없는 고민이었다.

아리엘라가 먼저 말을 걸어왔기 때문.

"응원할게요."

작은 목소리였지만 그녀를 바라보고 있는 한지혁에게는 굉장히 크게 들렸다.

순간 잘못 들었나 싶었지만 그는 이내 자신이 잘못 들은 것이 아니라는 것을 깨닫고 입을 열었다.

"감사합니다. 저도 응원할게요, 아리엘라."

"제 이름을 기억하고 계시는군요."

"바이올린이 워낙 아름다웠어야죠."

한지혁의 그 말에 아리엘라는 살풋 미소를 지었다.

그녀는 입을 달싹거리며 무어라 더 말을 하려다가 말았다.

그저 웃어 보이기만 한 아리엘라는 다시 고개를 돌려 거울을 바라보았다.

한지혁도 잠시 그런 그녀를 바라보다가 고개를 돌렸다.

지난 연주 때에는 아리엘라가 먼저 연주를 했는데, 이번에는 순서상 한지혁이 먼저 무대에 올라가야 했다.

옷매무새를 마지막으로 확인한 후, 한지혁은 걸음을 옮겨 대기실을 빠져나갔다.

무대로 올라간 한지혁은 고개를 숙이며 인사했다.

관객석 끝에 있는 심사 위원들이 눈에 들어왔다.

다들 그랬지만 사쿠히토 도쿠가와의 시선은 특히 날카로웠다.

그는 자신이 혹평한 한지혁이 준결승까지 올라왔다는 것이 그리 마음에 들지 않는 기색이었다.

거의 턱걸이로 준결승에 진출한 한지혁이기에 더욱 그래 보였다.

한지혁은 호흡을 고르고는 바이올린을 들어 올렸다.

파가니니, 바이올린 협주곡 4번.

연주는 강렬하지 않았다.

한지혁은 자신의 감정을 살리며 강한 연주를 하지 않고, 자신을 죽이고 곡만이 보이도록 연주하고 있었으니까.

파가니니의 곡은 굉장히 조용히 울려 퍼지기 시작했다.

연주를 굳이 묘사하자면, 딱딱했다.

기계적이었고 차가운 연주.

불과 같던 한지혁의 연주는 사라졌고, 오로지 파가니니의 바이올린 협주곡 4번만이 남았다.

그것을 들으며 심사 위원들은 만족스러운 얼굴을 해 보

였다.

"괜찮군요."

"그러게요. 감점할 부분도 없고, 실수도 없고…… 곡을 제대로 분석한 게 보입니다."

심사 위원 중 하나가 고개를 끄덕거리며 답한다.

사쿠히토는 힐끗 그렇게 대화하는 심사 위원들을 보며 미소를 지었다.

제멋대로 연주하던 것이 그나마 괜찮아지지 않았는가.

그래도 여전히 마음에 들지는 않지만, 바꾸려고 노력한 정성이 보이는 듯했다.

'이젠 그럭저럭 들어 줄 만하네.'

지난번에는 무슨 말도 안 되는 이상한 연주를 해서 눈살을 찌푸렸지만, 이번 연주는 그나마 들어 줄 만한 연주였다.

제대로 틀을 갖추고 있었으니까.

하지만 그런 사쿠히토와는 전혀 다르게 베론의 얼굴은 어두웠다.

한지혁은 계속해서 연주를 이어 나갔다.

담백한 연주는 한지혁에게 아무런 흥도 줄 수 없었다.

그는 감정 없이 활을 움직이고 손가락을 놀렸다.

이런 게 바로 파가니니의 곡이고 너희들이 듣고 싶어 했던 곡이다.

한지혁은 그렇게 말을 하듯 묵묵히 연주할 뿐이었다.

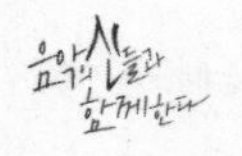

그것은 아리엘라의 연주와 매우 닮아 있었다.

연습할 때 그녀의 연주를 생각하며 연습을 했고, 곡이 가지고 있는 매력만을 극대화시키기 위해 노력했다.

죽어라 분석한 곡을 연주한다면 심사 위원을 만족시키는 것에야 성공하겠지만, 우승하기 위해서라면 아리엘라보다 더 뛰어난 연주를 해야 하니까.

단순히 한 번의 연주가 아닌, 그 이후의 연주도 신경을 쓰며 준비한 것이다.

그가 아리엘라의 연주를 뛰어넘었는지, 한지혁은 확신할 수 없었다.

연주를 하고 있는 지금, 한지혁은 그리 기분이 좋지 못했으니까.

유쾌하지 않았다.

곡에 집중을 하고 있긴 했지만, 과연 그가 '음악'에 집중하고 있다고 말을 할 수 있을까?

혼란스러웠다.

지난번 연주는 심사 위원들을 혼란스럽게 하는 연주였다면, 이번 연주는 반대로 한지혁 자신이 혼란스러워지는 연주였다.

연주를 해 나가는 행위가, 한지혁에게는 고통스럽기만 했다.

아무런 감정 없이 연주한다는 것은 굉장히 어려운 일이었으니까.

중간중간 튀어나오려는 '한지혁'이라는 존재를, 그는 계속해서 억눌렀다.

마침내 한지혁의 손이 멈췄다.

연주는 분명 좋았다.

누가 그것을 좋지 않은 연주라고 할 수 있을까 묻고 싶을 정도로 좋았다.

하지만, 활을 내리는 한지혁의 얼굴은 밝지 못했다.

스스로 만족하지 못했다는 뜻.

고개를 들어 올리니, 기분 좋은 미소를 보이고 있는 심사위원들의 얼굴이 눈에 들어왔다.

특히 사쿠히토의 얼굴에는 알게 모르게 우월감이 차올라 있었다.

그것을 보니 더 기분이 좋지 않아졌다.

그가 내보이고 있는 저 우월감은 대체 어떤 것에 대한 우월감일까?

심사 위원들은 정말로 곡을 들으며 감탄했으며, 좋은 음악을 들었다고 생각하고 있을까?

베론의 얼굴만 보자면, 그는 그리 감탄한 것 같지는 않았다.

한지혁은 숨을 내뱉었다.

미소를 머금은 심사 위원들은 서로 대화를 나누고 있었다.

그런 그들을 보며 한지혁은 깨달았다.

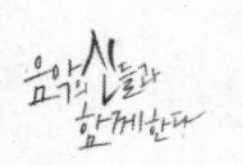

자신이 방금 한 것은 제대로 된 음악이 아니었다는 것을.
스스로에게 실망스러웠다.
그리고 그런 한지혁의 눈앞에 메시지 하나가 떠올랐다.

'악마의 바이올리니스트'가 작게 한숨을 내쉬고는 고개를 돌리며 당신을 외면합니다.

응원할게요.

그 말을 했을 때 아리엘라로서는 굉장한 용기를 낸 것이었다.
그녀는 사회생활에 익숙하지 않았으니까.
일반적인 사회생활뿐 아니라 기본적인 것들도 말이다.
물론 가끔 부모님과 함께 외출을 하고는 하지만, 그것은 그녀가 사교성을 기르는 데에 그리 큰 도움을 주지는 못했다.
그러할진대 자신이 밖으로 나오도록 만든 인물에게 말을 건다는 것은 얼마나 큰 용기가 필요했겠나.
그래서 그녀는 한지혁이 자신의 이름을 기억해 줬다는 사실만으로도 놀라야 했다.
한지혁이 자신의 이름을 기억할 것이라고는 상상도 하지

못했으니까.

그리고 그녀의 바이올린이 아름답다고 칭찬했을 때, 아리엘라는 한지혁의 바이올린이 더 아름답다고, 평생 그것보다 아름다운 바이올린을 들어 보지 못했다고 말을 하려다 말았다.

'아무래도 그런 말을 하는 건…….'

입이 떨어지지 않았다.

결국 그녀는 그 말하는 것을 포기하고 웃음을 보인 후에 고개를 돌렸다.

얼마 있지 않아서 한지혁이 무대로 올라갔다.

그가 바이올린을 들어 올리며 자세를 잡았을 때, 아리엘라는 심장이 두근거리는 것을 느꼈다.

기대감이 그녀를 설레게 만들었다.

이번에는 과연 어떤 바이올린을 들려줄까?

지난번 본선 때 들려주었던 바이올린은 한지혁이 성장했다는 것을 여실 없이 보여 주는 연주였으니 더 기대가 되었다.

그렇게 시작한 한지혁의 연주.

지잉.

연주가 시작되자마자, 아리엘라는 고개를 갸웃거려야 했다.

'왜……?'

무엇 때문일까?

한지혁의 바이올린이 변했다.

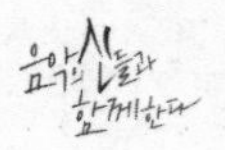

아리엘라가 가지지 못한, 감정 혹은 자유라는 장점은 보이지 않았다.

그녀는 지난번 연주와는 확연히 다른 한지혁의 연주에 당황해야 했다.

이건 그녀가 기대하고 있던 한지혁의 연주가 아니었으니까.

아쉬웠다.

지금 들리는 한지혁의 연주는 답답하면서도 안타까운 연주였다.

아리엘라가 눈을 감았다.

은은하게 들리는 한지혁의 바이올린 소리.

그것은 어쩌면 아리엘라의 그것과도 닮아 있는 것 같았다.

자신의 바이올린을 따라 하는 것일까?

그렇게 생각할 수밖에 없는 연주였다.

형식적이고 틀에 갇힌 연주였으니까.

아리엘라는 자신의 악기를 만지작거리며 한숨을 내쉬었다.

심사 위원들의 평가가 그를 바꾼 것일까?

정말 그런 것이라면 아리엘라는 이번 콩쿠르의 심사 위원들을 용서할 수 없을 것이다.

아리엘라를 밖으로 끄집어낸 사람의 연주다.

그 연주가 바뀌었는데 어찌 용서하겠나.

결국 아리엘라는 그녀의 여린 손으로 주먹을 쥐었다.

화가 나서.

안타까워서.

“혼란스러웠던 게 많이 정돈됐네요. 제 말 한마디에 이렇게까지 좋아졌다니 다행이라고 생각합니다.”

사쿠히토가 허허 웃으며 말했다.

한지혁은 그의 말에 아무런 답도 할 수 없었다.

비참한 기분이 들었다.

내가 왜 타협을 했지?

콩쿠르가 그렇게 중요했나?

점수 하나 높게 받으려고, 저 사람에게 조금이라도 더 좋게 보이려고 한지혁은 ‘한지혁’을 포기했다.

어처구니가 없었고 자신 스스로를 포기한 것에 분노가 치밀어 올랐다.

그런 와중에도 심사 위원들의 평이 이어졌다.

“저도 지난번보다 좋게 들었습니다. 다만 아쉬운 건 본선에서 보여 주었던 강력함이 조금 사라졌다는 건데, 그래도 딱히 감점할 부분이 없어서 좋았습니다.”

“확실히 연주만 봤을 때 완벽하게 곡을 보여 주었다고 해도 좋을 정도로 연주를 했죠. 저도 잘 들었습니다. 조금…… 뭐랄까, 왠지 모르게 아쉬운 느낌이 들기는 했습니다만.”

심사 위원들의 표정은 다 제각각이었다.

그 중 사쿠히토는 흐뭇한 얼굴을 하고 있었다.

그마저도 한지혁에 대한 흐뭇함이 아니라, 자신에 대한 흐뭇함이 담긴 얼굴이었다.

다른 심사 위원들은 가벼운 미소를 보이거나, 아니면 애매한 얼굴을 하고 있었다.

베론은 사쿠히토와는 반대로 조금 어두운 표정이었다.

한지혁은 그를 이해할 수 있었다.

음악 같지도 않은 음악을 들었으니, 어쩌면 표정이 어두운 것이 당연하리라.

'들리지 않는 예술가'는 고개를 흔들며 기술적으로는 완벽했지만 제대로 된 음악은 아니었다고 말합니다.

'팝의 황제'가 아쉽다는 듯 혀를 차며 자리에 주저앉습니다.

'여섯 현의 마법사'는 허허 웃으며 살다 보면 실수를 할 수도 있는 거라며 당신을 위로합니다.

음악의 신들이 보내 오는 메시지를 보며 한지혁은 아무것도 할 수 없었다.

심사 위원들이 무어라 말을 하는 것이 귀에 웅웅거리기만 할 뿐, 명확한 단어로 들리지 않았다.

그들의 말에도 제대로 대답하지 못한 채, 한지혁은 겨우 고개를 숙여 인사한 다음 바이올린을 들고 무대를 내려왔다.

"하……."

무대에서 내려오자마자, 그가 한숨을 내쉬었다.

한지혁은 손을 들어 얼굴을 쓸었다.

악기를 정리한 후, 그는 조용히 아리엘라의 차례를 기다렸다.

준결승의 결과는 바로 발표되기 때문에 기다렸다가 결과를 듣고 돌아가는 편이 좋았다.

물론 잠시 나갔다가 와도 상관은 없지만, 한지혁은 굳이 그러고 싶지 않았다.

정확히는 나갈 힘이 없었다.

그냥 앉아서 연주를 듣는 것도 벅찬 상황이었다.

조용히 다른 이들의 연주를 들으며 기다리는데, 드디어 아리엘라의 차례가 돌아왔다.

검은 드레스를 입고 있는 그녀가 무대로 올라서자 무대가 한층 밝아진 느낌이었다.

한지혁은 자신의 손을 괜히 만지작거리며 아리엘라를 바라보았다.

그녀가 우아한 몸짓으로 자세를 잡고는 활을 움직이기 시작했다.

지이잉!

날카로운 듯 듣기 좋은 바이올린 소리가 울려 퍼지기 시작했다.

그것은 생각보다 강렬한 울림이었다.

아리엘라의 스타일은 변하지 않았다.

그녀는 여전히 계산과 분석을 통한 연주를 하고 있었다.

한지혁은 그녀의 연주를 들으며 자신과 그녀의 차이점을 확실하게 깨달을 수 있었다.

그리고 그는 아리엘라를 따라갈 수 없다는 사실 또한 깨달았다.

'이건…….'

애초에 스타일 자체가 다른 것이었다.

한지혁은 자유로움을 추구하고 많은 시도를 해 나가며 하나둘 이뤄 나가는 편이다.

곡을 해석할 때 곡 자체보다는 사람을 보고, 틀을 가지기보다는 이해하는 것을 택한다.

아리엘라는 자신 스스로가 만들어 낸 틀을 가지고 곡을 해석하고, 연주한다.

애초에 시작점부터가 다른 것이고, 곡을 바라보는 시각이 다른 것이다.

한지혁이 어떻게 할 수 있는 부분이 아니었다.

'아리엘라에게는 분명 이런 연주가 맞는 거지.'

하지만 한지혁에게는 아니다.

그는 그만의 음악이 있다.

그것을 전부 무시하고 연주를 했으니 이런 꼴이 나는 것도 무리는 아니었다.

심사 위원들에게만 좋은 점수를 얻어 봐야 무슨 소용인가?

결국 그에게 중요한 것은 자기 자신의 음악이었고, 또 '악마의 바이올리니스트'였다.

그에게 외면받으면 심사 위원들의 평가가 아무리 좋아도 쓸모없다는 이야기다.

이번 선택은 실수였다.

그리고 한지혁은 같은 실수를 반복할 생각이 전혀 없었다.

한지혁은 피식 웃음을 흘렸다.

"정신 차리자, 한지혁."

그가 중얼거렸다.

결과 발표를 위해 열두 명의 참가자들은 전부 긴장한 얼굴로 대기하고 있었다.

한지혁도 긴장하긴 마찬가지였다.

그는 이번 연주를 최악으로 평가하고 있었기 때문에 결승에 오를 수 있을지 확신하지 못하고 있었다.

'솔직히…… 이런 연주로 올라가는 것도 어처구니가 없는

일이기는 하지.'

한지혁이 속으로 생각했다.

물론 그의 평가와 심사 위원들의 평가는 다를 것이다.

실제로 한지혁이 만족스럽게 연주했다고 생각한 본선에서는 굉장히 아슬아슬하게 올라오지 않았던가?

이번에는 반대로 심사 위원들에게 인정받기 위해 노리고 연주를 한 것이니 한지혁의 생각과는 전혀 다르게 높은 점수를 받을 수도 있었다.

'만약 그렇게 해서 올라간다면…….'

이제 다시는 이번과 같은 시도는 하지 않을 것이다.

처음부터 자신의 스타일을 더 빌드 업시켜서 심사 위원들을 납득시켜야만 했다.

이번처럼 스스로가 현실에 타협하여 심사 위원들에게 맞추는 일은 없으리라.

한지혁은 차라리 떨어져서 시원하게 스스로를 욕하고 싶기도 했고, 붙어서 마지막 기회에서는 자신의 음악을 제대로 보여 주고 싶기도 했다.

두 마음이 공존했다.

의자에 앉아 조용히 발표를 기다리는데, 계속해서 자신을 바라보는 시선이 느껴졌다.

아리엘라였다.

그녀는 이해할 수 없다는 눈빛으로 한지혁을 바라보고 있었다.

한지혁은 그녀의 마음을 정확히 알 수 있었다.

아리엘라는 이곳에 있는 이들 중에서 가장 뛰어난 연주가였다.

적어도 한지혁이 생각하기에는 그랬다.

참가자들 중 음악의 신들에게 인정받은 이는 아리엘라가 유일했으니까.

그런 그녀라면 분명 한지혁의 연주가 바뀌었다는 것을 알아 차렸을 것이고, 그게 좋은 변화가 아니라는 것 또한 알고 있으리라.

한지혁은 아리엘라에게 그 어떤 말도 할 수 없었다.

그는 애써 미소를 보였을 뿐이다.

아리엘라도 별다른 말은 하지 않았다.

달칵.

작은 소리와 함께 문이 열렸다.

여덟 명의 심사 위원들이 방 안으로 들어와 참가자들을 바라보았다.

그들은 참가자들을 한 번씩 바라본 후, 베론이 대표로 입을 열었다.

"모두 수고하셨습니다."

"……."

다들 긴장을 해서 그런지 숨소리밖에 들리지 않았다.

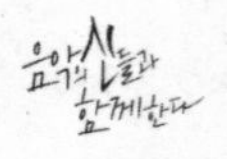

베론은 특유의 인자한 미소를 보이면서 말을 이어 나갔다.

"결승 진출 발표자를 발표하겠습니다. 평균 점수가 높은 순서대로 바로 발표하죠."

그는 그렇게 말을 하고는 자신이 들고 있는 종이를 힐끗 보고는 입을 열었다.

"아리엘라. 축하드립니다. 평균 점수 9.4점으로 당신은 결승 진출자입니다. 내일부터 합숙을 준비해 주시면 되겠습니다."

"감사합니다."

아리엘라가 담담한 목소리로 답했다.

그녀가 가장 먼저 불렸다는 것은, 가장 높은 점수를 받았다는 뜻이었다.

한지혁은 조용히 상황을 지켜보았다.

"데니스, 축하드립니다. 평균 점수 8.9점으로 결승 진출하셨습니다. 내일부터 합숙 준비하시면 됩니다."

"……정말 감사합니다."

데니스라 불린 남자는 안도의 한숨을 내쉬며 말했다.

여섯 번째 사람까지만 살아남을 수 있다.

결승 진출도, 상도 여섯 명에게만 돌아가니까.

그렇기에 모두가 자신의 이름이 어서 불리기를 원하고 있었다.

이어서, 세 번째, 네 번째, 그리고 다섯 번째 이름까지 불렸다.

그리고 마지막 여섯 번째 이름.

한지혁은 베론의 입을 바라보았다.

자신의 이름이 불리기를 바라는 마음 반, 아니기를 바라는 마음 반을 가지고.

"미카엘. 축하드립니다. 평균 점수 8.2점으로 결승에 진출하셨습니다. 다른 이들과 마찬가지로 합숙 준비를 하시면 되겠습니다."

한지혁의 이름은 불리지 않았다.

결국 이렇게 되는구나 싶었다.

자신의 연주에 스스로 만족할 수 없었기에, 그는 납득할 만한 결과라고 판단했다.

그래도 아쉬운 것은 어쩔 수 없었다.

'악마의 바이올리니스트'와 함께할 수 있는 기회를 놓쳐 버린 것이니까.

'어쩔 수 없지. 내 실수인데.'

한지혁이 속으로 생각하는 순간.

……기적이 일어났다.

"지혁, 축하드립니다. 평균 점수 8.2점으로 결승 진출하셨습니다. 합숙 준비를 해 주시면 되겠습니다."

일곱 번째 결승 진출자가 생겼다.

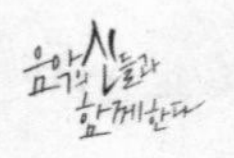

“동점이 나왔습니다. 미카엘, 한지혁.”

데오란트가 미간을 찡그리며 말했다.

동점자가 나올 때 고통받는 사람은 결국 심사 위원들이었다.

둘 중 한 명을 떨어뜨려야 하는데, 그 원망은 결국 자신들이 전부 지게 될 테니 쉽지 않았다.

둘 중 하나에게는 무조건 원망받을 테니까.

결국 동점인데 떨어진다는 것은, 나와 같은 수준의 상대방은 결승에 진출하여 입상하고 본인은 그렇지 못했다는 뜻이니 심사 위원들을 탓하게 되는 것이다.

“어떻게 할까요?”

데오란트가 주변을 둘러보면서 물었다.

그 말은 둘 중 누구를 떨어트리고 누구를 살리겠느냐는 질문이었다.

그 물음에 쉽게 답할 수 있는 사람은 한 명도 없었다.

잠시 침묵이 흘렀다.

먼저 입을 연 사람은 일본 출신 심사 위원인 사쿠히토였다.

“미카엘은 누구의 추천서를 들고 왔죠?”

“소피아와 지앙의 추천서를 들고 오긴 했는데…….”

“그럼 한지혁은 누구의 추천서를 들고 왔습니까?”

"추천서를 가지고 오지 않았지."

"그럼 결론이 난 거 아닙니까? 소피아와 지앙은 인정받는 바이올리니스트들이니, 그들이 인정한 미카엘을 올려야죠."

어렵지 않다는 듯 사쿠히토는 어깨를 으쓱거리며 말했다.

그의 말에 심사 위원들은 애매한 얼굴을 해 보였다.

비슷한 생각을 하는 이들도 있긴 했다.

누군가의 추천을 받았다는 것은 그와 친분이 있다는 뜻이고, 그럼 그를 떨어뜨렸을 때 얻을 리스크가 더 크다는 것을 의미했다.

그를 추천한 사람들에게도 원망받을 수도 있는 일이니까.

반대로 추천서가 없다면 친분 있는 이들이 없다는 것이었으니, 참가자 한 명에게만 원망을 받으면 된다.

그들 입장에서는 추천서를 통해 당락을 결정하는 것이 편하긴 한 것이다.

하지만…… 과연 추천서로 사람의 수준을 나눈다는 게 옳은 일일까?

물론 추천서는 그들이 예선을 하는 것에 있어서 도움을 주긴 했다.

믿을 만한 이의 추천서라면 웬만하면 통과시키기도 했으니까.

심사가 그리 쉬운 일이 아니니, 추천서는 그들의 일을 조금이나마 덜어 주는 역할을 한다.

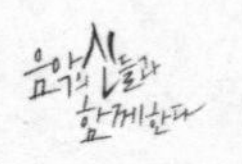

'하지만 그건 예선에서의 이야기지.'

예선까지는 추천서가 통한다.

본선부터는 사실상 실력이 있기 때문에 올라온 것이다.

순수하게 연주를 보고 판단하는 것이 맞았고, 지금 상황도 그렇게 접근해야 옳으리라.

"저는 미카엘을 올리는 게 좋다고 생각합니다."

사쿠히토가 그렇게 말을 했다.

그가 먼저 의견을 내니, 다른 두 명의 심사 위원도 그의 의견에 동의를 표했다.

"저도 미카엘을 올리는 게 맞다고 판단되네요."

"마찬가지입니다."

여덟 명의 심사 위원 중 세 명의 심사 위원이 미카엘을 선택했다.

나머지는 망설이는 듯한 모양새였다.

사쿠히토는 이대로 조금 시간이 지나면 다른 이들도 조금씩 마음이 미카엘 쪽으로 기울 것이라고 확신했다.

그런 상황에서 베론이 입을 열었다.

"둘 다 올리지."

"……."

사쿠히토가 고개를 돌려 베론을 바라보았다.

이번 콩쿠르에서 베론은 시종일관 사쿠히토와 반대 의견을 냈다.

그것이 마음에 들지 않았지만 사쿠히토가 대놓고 베론의 의견에 반대를 할 수는 없었다.

개인적인 존경심 또한 있었지만, 심사 위원들 사이에서 베론의 영향력은 그들 중 누구보다도 강했으니까.

"이번 콩쿠르의 결승 진출자는 일곱 명인 걸로 하는 게 좋을 것 같은데."

베론이 그렇게 말을 하며 다른 심사 위원들과 눈을 한 번씩 마주했다.

혹시 반대 의견이 있다면 언제든 듣기 위함이었다.

"……."

"저는 찬성입니다."

침묵과 찬성은 있었지만 반대 의견은 없었다.

그렇게 한지혁은 일곱 번째 결승 진출자가 되었다.

지금까지 파가니니 국제 콩쿠르의 역사상 일곱 명이 결승에 오른 경우가 없는 것은 아니었다.

거의 서너 번에 한 번씩은 일곱 명이 결승에 오르고는 했으니까.

특수한 상황에만 가능한 일이지만, 완전히 없는 일은 아니라는 뜻이다.

하지만 일곱 번째 결승 진출자가 있으리라고는 상상하지 못했던 한지혁은 당황과 안도가 동시에 느껴질 수밖에 없었다.

다시 한번 기회를 얻었다는 기쁨과 '악마의 바이올리니스트'와 함께하기 위해 계속해서 도전할 수 있다는 것에서 오는 안도감.

한지혁은 이 두 감정에 어떻게 반응해야 할지 모르겠어서 그저 멍하니 베론을 바라보았다.

베론은 한지혁에게 무어라 말을 하고 싶은 모양이었지만 그는 결국 입을 다물었다.

"그 외의 분들은 안타깝게 결승에 오르지 못하셨습니다. 다들 수고하셨습니다. 사흘 후 합숙이 시작되니 결승 진출자들은 내일 모레까지 준비를 마쳐 주시기 바랍니다."

그는 그렇게 말을 한 후 몸을 돌려 방을 빠져나갔다.

한지혁은 방을 빠져나가는 베론의 등을 보며 우는 것도 웃는 것도 아닌 이상한 얼굴을 해 보였다.

어떤 표정을 지어야 할지 모르겠다.

참가자들은 서로 눈치를 보다가 하나둘 방을 빠져나갔다.

마지막까지 남아 있는 이는 한지혁과 아리엘라였다.

아리엘라는 가만히 한지혁을 바라보고 있었다.

그녀의 존재를 계속 느끼고 있었기에 한지혁은 애써 웃으며 아리엘라에게 시선을 움직였다.

언제까지고 가만히 서 있기만 할 수는 없지 않나.

"축하드려요. 아리엘라. 평균 9.4점이라니 대단하시네요."

한지혁의 평균 점수가 8.2점이다.

그와 무려 1.2 점이나 차이가 나는 것.

아리엘라의 연주가 좋았다는 것을 점수가 증명하고 있었다.

"……감사합니다."

그녀는 어떻게 답을 해야 할지 모르겠다는 듯 묘한 얼굴을 보이더니 감사 인사를 했다.

"한……이라고 불러도 될까요?"

"물론이죠."

한지혁이 웃으며 답했다.

그 또한 자신의 이름이 발음하기 힘들다는 것을 인지하고 있었다.

다른 이들도 대부분 자연스럽게 한이라고 부르지 않던가?

"한, 당신만이 할 수 있는 연주가 있어요. 그걸 잊지 않았으면 좋겠네요."

아리엘라가 말했다.

아니, 한 명의 바이올리니스트가 말했다.

그녀의 말에 한지혁은 고개를 끄덕였다.

아무래도 아리엘라는 확실히 한지혁의 연주에서 어떤 부분이 잘못되었는지 파악하고 있는 듯했다.

한지혁은 그녀가 모를 리 없다고 생각하고 있었는데도

왠지 그 말을 듣자 자신의 치부를 들킨 것만 같은 기분이 들었다.

한지혁은 이내 피식 웃음을 흘리며 몸을 돌리고는 아리엘라를 정면으로 바라보았다.

"조언 정말 감사합니다, 아리엘라. 결승에서는 오늘과 같은 연주는 아닐 겁니다."

그가 그렇게 말을 하면서 손을 내밀었다.

아리엘라는 한지혁이 내민 손을 가만히 내려다보더니 생긋 웃으며 그의 손을 마주 잡고 악수했다.

"기대할게요."

그녀는 정말로 기대가 된다는 눈빛이었다.

한지혁의 말을 듣고, 아리엘라는 그의 연주가 좋아질 것이라고 바로 믿은 것이다.

그만큼 아리엘라가 한지혁에게 주고 있는 신뢰는 상당했다.

애초에 그녀는 한지혁의 바이올린에 반해 파가니니 국제 콩쿠르에도 나온 것이 아니던가.

한지혁이 그녀에게 의미하는 바는 클 수밖에 없었다.

"기대하셔도 좋아요. 아, 기대만 하지 말고 긴장도 하셔야 할 거예요."

한지혁은 스스로도 이해할 수 없었다.

왜 자신이 그런 말을 하는지.

그는 그저 그 순간 자신이 해야 할 말을 했다.

"이번 콩쿠르, 제가 우승할 테니까."

아리엘라는 그의 말을 듣고는 알 수 없는 미소를 지었다.

이예현은 언제나와 같이 기삿거리를 찾아다녔다.

그녀가 언론사 'One'에 입사한 지도 몇 개월이 흘렀기에 이제 슬슬 특집 기사를 써야 할 시간이 다가오고 있었던 것이다.

이미 그녀는 자신의 첫 특집 기사로 무엇을 써야 할지 생각해 오라는 선배의 말을 들은 상황이었다.

그녀의 사수인 김현비는 이런 부분에 있어서 굉장히 철저했다.

확실하게 준비를 해 가야 혼나지 않으리라.

그녀는 연예계 관련 커뮤니티를 돌아다니고, 다른 언론사의 기사들도 훑어보며 이슈를 살폈다.

최근 그녀의 눈에 가장 들어오는 이슈는 한지혁에 관한 것이었다.

한지혁은 이미 여러 사건들을 터트리며 조금씩 인지도를 만들어 나가는 중이었다.

이예현은 한지혁이 데뷔 앨범을 냈을 때부터 한지혁에게 관심을 가지고 그에 대한 기사를 몇 번 쓴 적이 있었다.

당연히 한지혁에 대한 이해도도 높았다.

한지혁이 바이올린을 할 수 있다는 것도, 이번에 크게 화제가 되기 전부터 알고 있었던 사실이었다.

"바이올린이라……."

그녀는 심각한 얼굴로 중얼거렸다.

정말로 한지혁은 파가니니 국제 콩쿠르에 참가하기 위해 제노바에 간 것이 맞을까?

'그런 거면 정말 대박일 텐데.'

파가니니 국제 콩쿠르에서 입상이라도 하면 아마 대한민국 연예계 전체가 들썩거릴 것이다.

물론 파가니니 국제 콩쿠르에서 입상을 한 한국인이 없는 것은 아니었다.

10년 전에는 한국인이 파가니니 국제 콩쿠르에서 우승까지 거머쥐지 않았던가.

여기서 가장 집중해서 봐야 할 점은, 연예계의 인물이 파가니니 국제 콩쿠르에 나가서 입상을 한 적은 없다는 점이다.

어릴 적, 작은 콩쿠르에서 입상해 본 경험이 있는 연예인들은 있다.

하지만 데뷔 이후에 이런 국제 콩쿠르에 나가서 입상을 한 이는 없다.

"만약 입상이라도 하게 된다면……."

엄청난 일이 되리라.

한지혁의 인지도는 또 한 번 뛸 것이고.

'이미지가 만들어지겠지.'

정말로 음악을 하는 아티스트라는 이미지가 만들어질 것이다.

연예계의 그 누가 파가니니 국제 콩쿠르에 나가서 입상을 해 올 수 있겠는가.

아직도 한지혁에게 꼬리표처럼 따라붙고 있는 그의 능력에 대한 의심이 전부 사라질 것이다.

무려 국제 콩쿠르에 나가서 입상까지 했는데 누가 의심을 할 수 있을까.

"파가니니 국제 콩쿠르라……."

이예현의 감이 말하고 있었다.

한지혁은 정말로 콩쿠르에 참가하기 위해 제노아에 머물고 있는 것이 맞다고.

그녀는 빠르게 머리를 굴렸다.

어떻게 하면 이걸 써먹을 수 있을까?

답은 금방 나왔다.

그냥 기사 한 번 쓰겠다고 제노바로 날아갈 수는 없었다.

회사에서 그걸 지원해 줄 리도 없고.

하지만.

"특집 기사라면 이야기가 좀 다르지."

어떻게든 밀어붙여서 자신의 사수, 김현비만 설득할 수 있

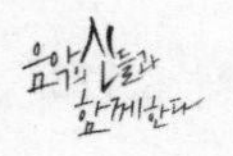

다면 아마 그 윗선에서도 허락해 주리라.

"특집 기사로 뭐 쓸지 정했나 보네?"

뒤에서 들리는 목소리에 이예현은 깜짝 놀라서 고개를 돌렸다.

그녀의 사수인 김현비가 눈에 들어온다.

"선배."

"어떤 걸로 하게?"

그 질문에 이예현은 잠시 망설였다.

한지혁에 대한 특집 기사를 쓰고 싶다고 지금 말을 하는 게 좋을까?

'해야지, 어쩌겠어.'

그녀가 속으로 생각하며 입을 열었다.

"한지혁 씨에 대해서 쓰고 싶습니다. '한지혁, 그는 누구인가?'라는 식으로요."

"……지금 제노바에 있다던데."

"정보 수집부터 하는 거죠. 특집이니까 나눠서 낼 수 있잖아요. 데뷔 때부터 한지혁 씨가 해 온 일들을 기사로 쓰면서 왜 제노바에 있는지 조사해 볼게요. 지금 제노바에 가 있는 게 정말로 파가니니 국제 콩쿠르 때문이라면…… 거기까지 갈 가치는 충분하다고 생각합니다."

그녀의 말을 들은 김현비는 슬쩍 입꼬리를 올렸다.

김현비 기자는 잠시 생각을 하는 듯 가만히 이예현을 바라보았다.

“너, 나 닮았구나?”

“네……?”

“아냐, 됐어. 일단 그럼 팀장님한테 말해 볼게.”

김현비가 픽 웃음을 흘리고는 말했다.

이예현이 활짝 웃었다.

“너 좋아서 그러는 거 아니니까 착각하지 말고.”

“압니다. 선배도 한지혁 씨가 결국에는 성공하리라는 사실을 아시는 거겠죠.”

“나는 몰라도 너는 확신하고 있잖아. 내 경험상…… 그런 건 한 번쯤 믿어 볼 만하거든.”

김현비가 그렇게 말을 하며 이예현의 어깨를 툭 건드렸다.

그녀의 입가에는 미소가 맺혀 있었다.

chapter. 3

곧바로 합숙 준비에 들어갔다.

일주일 동안 합숙을 하면서 곡을 준비하는 시간을 주는 것은 사실 모두에게 공평한 조건을 주기 위함도 있었지만, 기본적으로 참가자들을 배려하는 측면 또한 강했다.

그들이 직접적으로 다른 연주자들과 대화를 하고, 오케스트라, 피아노와 제대로 합을 맞출 수 있는 시간을 주는 것이다.

한지혁은 그런 것들을 전부 머릿속에 두고 그 환경 자체를 제대로 이용하기로 마음먹었다.

사실 이런 기회가 그에게 언제 또다시 올지 모른다.

혹시 이번 국제 콩쿠르에서 우승하지 못하더라도 한지혁

은 바이올린은 계속해서 할 생각이었다.

그것을 생각해 보면 이번 합숙은 그가 성장할 좋은 기회인 것이 사실이었다.

"정신 똑바로 차리고 방향만 이상하게 잡지 않으면 무조건 성장할 수 있는 기회인 거지."

지금의 한지혁에게 절대적으로 부족한 것은 경험이었다.

실질적으로 한지혁이 바이올린에 입문한 것은 이제 고작 8개월 정도밖에 되지 않았다.

당연히 경험이 부족할 수밖에 없었다.

연습이야 하루에 여덟 시간, 열 시간씩 했다고는 하지만, 말 그대로 자신의 스타일대로 밀어붙였다.

여러 고민들과 다른 연주자들과의 부딪힘이 없는 성장이었을 뿐이다.

온실속 화초밖에 되지 않는다는 뜻.

그렇기에 지금으로서는 바람 한 점만 불어도 크게 흔들릴 수밖에 없었다.

물론 그의 주변에는 음악의 신들이 있어서 그가 올바른 방향으로 갈 수 있도록 최대한 인도해 주지만, 결국 최종 결정은 한지혁이 내린다.

그래서 지난번 준결승 연주가 그 꼴이 난 것 아닌가.

한지혁의 경험 부족으로 좋지 않은 선택을 해서.

'다른 연주자들의 경험을 내 걸로 만들어야 한다.'

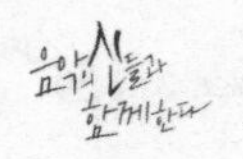

합숙 기간인 일주일 동안 한지혁은 최대한 많은 경험을 하면서 빠르게 성장할 생각이었다.

한지혁은 힐끗 시계를 확인한 후 바이올린을 들어 올렸다.

그는 자신의 기분에 맞춰 완벽하게 자신의 스타일대로 연주를 해 나갔다.

지이잉!

날카로운 바이올린 소리가 빠르게 울렸다.

심장 고동이 평소보다 빠르게 뛰며 박자를 맞췄다.

한지혁의 움직임은 그 무엇보다 부드러웠다.

마치 살랑거리는 바람처럼 조용히 움직이지만 연주 자체에서는 굉장한 박력이 느껴졌다.

준결승 때 연주를 했던 것과는 전혀 다른 연주였다.

그때 자신을 완전히 죽였던 것에 비해, 이번에는 한지혁 스스로를 부각시키는 연주였으니까.

즐거웠다.

한지혁이 이런 사람이라고 세상에 외치는 듯한 기분이었다.

지잉!

조용한 울림과 함께 그의 연주가 멈췄다.

한지혁은 들고 있는 활을 내리며 묘한 얼굴을 했다.

확실히 즐겁긴 했다.

하지만.

"부족해."

연주가 완벽하지는 않았다.

결국 지금 그는 콩쿠르 중이었고, 그게 아니더라도 한지혁은 자신의 성장을 위해서는 무언가 더 필요하다고 느끼고 있었다.

지금의 연주는 한지혁을 살리고, 곡 자체는 죽인 연주였다.

그게 아쉬움의 원인이다.

'들리지 않는 예술가'는 나쁘지 않은 음악이었다며 말합니다. 더 좋아지길 원한다면 이리저리 부딪히고 깨져 봐야 한다고 말합니다.

'여섯 현의 마법사'는 자신의 턱을 쓰다듬으며 당신을 바라봅니다. 세상에 완벽한 연주는 없다고 그는 주장합니다.

'거리 위의 천사'가 우려스러운 눈빛으로 당신을 바라봅니다. 너무 조급해하지 말라고 조언합니다.

한지혁은 자신의 눈앞에 떠오르는 메시지를 읽으며, 고개를 살짝 끄덕였다.

그들이 하는 말 중 틀린 말은 없었다.

음악의 신들은 한지혁에게 굉장히 좋은 스승들이 되어 주고 있었다.

여기서 더 조급해하다가는 지난번처럼 좋지 못한 방향으로 나아갈 수도 있다.

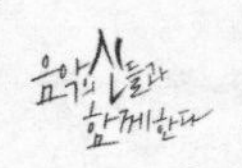

'합숙 때 방법을 찾을 수 있을 거야.'

자신의 연주가 완벽하지 않다는 것은 알게 되었다.

어느 부분이 아쉬운 것인지는 아직 알아내지 못했지만, 부족하다는 것은 알았으니 합숙 때 부족한 것을 메꾸면 되는 일이다.

성장할 수 있는 기회.

기대가 되었다.

-조심하고. 거기 사람들한테 잘해 줘. 원래 먼저 잘해 주면 좋게 봐주게 되어 있어.

"걱정 마요. 내가 다 알아서 잘할게."

자신의 어머니의 말에 한지혁은 고개를 살짝 흔들며 말했다.

가방을 메고 바이올린 케이스를 한 손에 들고 가는 중이었다.

다른 한 손으로는 전화를 하고 있고.

합숙 장소로 찾아가야 해서 정신이 없는 와중에 전화까지 해야 하니 더 정신이 없었다.

-그리고, 매니저님한테 전화왔었어.

"경태 형한테?"

–응. 너한테 별다른 연락 없었냐고 물어보더라. 너 매니저님이랑 연락 안 하고 지냈어?

"바빴지. 안 그래도 아까 통화했어."

한지혁이 말을 하면서 고개를 들어 올렸다.

온통 하얀색인 커다란 건물이 눈에 들어왔다.

6층으로 보이는 건물은 한지혁으로 하여금 묘한 기분을 느끼게 해 줬다.

"엄마, 나 이제 들어가야 해서 끊을게."

–알았어. 이제 또 일주일 동안 연락 없고 그런 건 아니지?

"무소식이 희소식이라고 생각하고 있으면 될 거예요."

그가 슬쩍 웃으며 말했다.

솔직히 말해서 일주일 동안 바이올린에만 빠져 있어서 연락을 제대로 하지 못할 것 같았기에.

–어휴…… 알았다. 힘내고, 꼭 우승하고 돌아와.

"상금 들고 갈게."

한지혁이 그렇게 말을 하고는 전화를 마무리했다.

사실 한지혁에게 상금이 그리 중요한 요소는 아니었다.

3천만 원.

그 정도면 바이올린 한 대 값이니 괜찮은 상금이라고 할 수 있겠지만, 결국 한지혁이 이 콩쿠르에서 노리는 것은 단순히 상금이 아니었으니까.

돈이야 이미 여러 루트를 통해 들어오는 것으로 충분히 먹

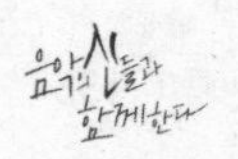

고살 만하다.

한지혁이 신경 쓰는 것은 오로지, '악마의 바이올리니스트'가 생전에 사용하던 바이올린.

그것을 연주하여 '악마의 바이올리니스트'와 함께하는 것이다.

그 목표를 생각하며 한지혁은 걸음을 옮겼다.

입구에 서 있던 남자가 한지혁에게 다가와 살짝 미소 지었다.

"어서오세요, 미스터 한. 방으로 안내해 드리겠습니다. 짐은 그게 전부인가요?"

"네, 감사합니다."

캐리어는 일부러 끌고 오지 않았다.

배낭을 들고 다니는 편이 편하기 때문.

남자는 별다른 말은 없이 고개를 끄덕거리고는 몸을 돌려 안내해 주었다.

한지혁의 방은 2층에 위치하고 있었다.

건물 외부와 마찬가지로 건물 내부도 하얀 색으로 깔끔하게 꾸며져 있는 편이었다.

한지혁이 배정받은 방 또한 그랬다.

한 명이 쓰기에는 넘친다고 해도 좋을 정도의 크기였다.

방 안에는 침대와 책상, 그리고 심지어 녹음을 위한 부스도 작게나마 설치되어 있었다.

이렇게 작은 녹음 부스는 또 처음이어서 당황스러웠다.

그럼에도 연습을 위해 필요한 거의 모든 것들이 준비되어 있다는 것에서 한지혁은 굉장히 큰 인상을 받았다.

건물도, 그 주변도 아름다웠다.

여기서 하루를 지내려면 돈이 얼마나 들까 하는 생각마저 들었다.

한지혁은 짐을 풀고 난 후, 건물을 한번 둘러보기 위해 방 밖으로 나섰다.

깔끔하게 꾸며져 있는 건물 내부는 보기 좋았고, 어디가 어딘지 정확히 알 수 있었다.

1층은 연주를 위한 홀이 대부분을 차지하고 있었고, 2층과 3층은 참가자들을 위한 숙소가 자리하고 있었다.

4층에는 연습을 할 수 있는 공간이 있었고, 5층과 6층은 참가자들이 출입할 수 없는 공간이었다.

한지혁은 연습을 위해 마련된 공간을 가장 먼저 확인한 후 1층으로 내려갔다.

홀을 구경하기 위함.

커다란 홀은 카를로 펠리스 홀보다는 조금 작은 느낌이었다.

하지만 애초에 이곳이 공연을 위한 것이 아니라 연습을 위한 홀이라는 것을 감안한다면 대단한 수준이었다.

홀에 들어가 가장 앞줄에 자리를 잡고 앉아 무대를 가만히 바라보았다.

결승은 준결승 때와는 비교할 수 없을 정도로 힘들 것이다.

오케스트라, 또 피아노와 협연을 해야 하기 때문에 자기 자신만 잘하는 것을 넘어서 함께 호흡을 맞춰 나가야 하는 작업이 필요하기 때문이다.

이곳에서 오케스트라와 협연 준비를 하게 될 것이다.

한지혁은 지금까지 단 한 번도 오케스트라와 협연해 본 적이 없기 때문에, 사실 조금 걱정이 되기는 했다.

어떤 식으로 맞춰 나가야 할지 그는 아무것도 모르니까.

'부딪혀 보면 알게 되겠지.'

큰 문제는 없을 것이다.

혹시 문제가 있더라도 음악의 신들이 있으니 그들의 도움을 받으면 되는 것이고.

그렇게 한참을 가만히 앉아 있는데, 작은 소리와 함께 홀 뒤쪽에 있는 문이 열렸다.

홀 안으로 들어오는 발소리를 들은 한지혁은 고개를 돌렸다.

아리엘라가 조심스럽게 걸음을 옮겨 홀 앞쪽으로 다가오고 있었다.

그녀는 한지혁이 돌아보자, 그제야 그가 있었다는 사실을 깨달은 것인지 조금 놀란 얼굴을 해보였다.

약간 어두운 홀 내부에서 아리엘라의 눈은 유독 빛이 나고 있었다.

"계신 줄 몰랐네요."

아리엘라가 살짝 웃으며 말을 한다.

한지혁 또한 미소를 보이며 자리에서 일어났다.

"저도 오실 줄 몰랐습니다."

그가 가볍게 어깨를 으쓱거리면서 하는 말에 아리엘라가 픽 웃었다.

"연주는 기대하고 있어요. 사실 지난번에 조금 놀랐어요. 자기만의 음악이 있는데 제 연주와 비슷한 연주를 해서."

아리엘라가 말을 한다.

그녀의 말에 한지혁은 흐음 하고 소리를 냈다.

"다시 제 연주를 되찾았습니다. 저번에 해 주신 조언, 감사했습니다."

한지혁이 감사 인사를 하자 아리엘라는 별거 아니었다는 듯 고개를 흔들었다.

그녀의 머리칼이 흔들린다.

그런 그녀를 보면서, 한지혁은 잠시 생각에 빠졌다.

"혹시……."

아리엘라가 무엇을 말하려 입을 열었다가 망설여지는 듯 다시 입을 다물었다.

하지만 한지혁은 자신의 생각에 빠져 그녀의 그런 모습을 확인하지 못했다.

'아리엘라의 연주에는 분명한 장점이 있다.'

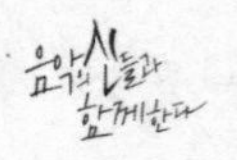

동시에 단점도 있다.

감정이 살아 있지 않다는 점.

그녀의 연주는 분명 좋은 연주이니, 사람들에게 좋게 들릴 것이다.

하지만 아리엘라의 그 연주가 과연 그녀 자신의 음악이라고 할 수 있을까?

그런 것을 재단하는 것 자체가 어려운 일이겠지만, 한지혁은 어쩌면 아리엘라가 스스로의 음악을 제대로 꺼내지 못하고 있는 것일 수도 있겠다는 생각을 했다.

반대로 한지혁은 자신만의 음악을 가지고 있다.

문제는 그는 심사 위원들이 듣기에 그저 틀과 형식 없이 자신의 감정대로만 연주하는 것 같은 느낌을 준다는 것.

그들이 그렇게 듣는다면 결국 비슷하게 듣는 이들이 있을 것이라는 뜻이었다.

모두를 만족시킬 수는 없다고는 하지만 한지혁은 되도록 많은 사람이 만족할 수 있는 음악을 하고 싶었다.

또한 이번 콩쿠르에서 우승을 차지하고 싶었고.

머리가 빠르게 돌아가더니 결국 결론이 내려졌다.

한지혁은 아직도 망설이고 있는 아리엘라를 바라보면서 입을 열었다.

"아리엘라."

"네, 한."

"시도해 보고 싶은 게 있는데, 같이 한번……."

"해 봐요."

한지혁이 무어라 말을 끝내기도 전에 아리엘라가 답했다.

그녀는 한지혁이 무엇을 말하려 했는지 정확히 파악하고 있는 눈치였다.

어쩌면 이번 합숙에서 생각보다 더 많은 것을 얻어 갈 수도 있을 것 같았다.

궁금했다.

한지혁 자신의 연주와 아리엘라의 연주가 섞이면 어떻게 될지.

그래서 함께 연주를 해 보자고 말을 할 생각이었다.

아리엘라의 연습 시간을 뺏는 것이기 때문에 조금 조심스러운 물음이었다.

하지만 그가 말을 다 마치기도 전에 해 보자고 답을 하니, 한지혁은 당황할 수밖에 없었다.

"하자고요?"

"네."

아리엘라의 목소리에는 흔들림이 없었다.

정말로 그녀는 한지혁이 무엇을 같이하자고 하려 했는지 아는 기색이었다.

한지혁이 눈을 깜빡거렸다.

그의 모습에 도리어 이해가 안 된다는 듯 아리엘라가 고개

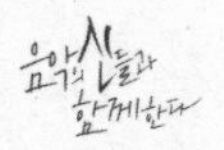

를 갸웃거렸다.

“연습, 같이해 보자고 말하려고 한 거 아니었나요?”

“맞아요. 어떻게……?”

한지혁이 어색한 얼굴로 물었다.

신기하기도 했고, 어떻게 알았는지 궁금하기도 했다.

아리엘라가 살포시 미소를 지어 보였다.

“저도 같은 생각을 했으니까요. 함께 연주를 해 보면 어떤 느낌일까 궁금하기도 하고……. 서로에게 도움이 될 것 같아요.”

정확히 한지혁이 생각하던 것과 일치했다.

단순히 아리엘라의 연주와 자신의 연주가 뒤섞이면 어떨지가 궁금하다기보다는 그로 인해 스스로가 무엇을 알 수 있지 않을까 하는 생각 때문에 제안하려 한 것이니까.

두 명의 연주자가 협연을 한다는 것은 그리 단순한 일이 아니었다.

한지혁과 아리엘라는 전혀 다른 성격을 가진 솔로이스트라고 봐야 했다.

쉽게 뒤섞일 수 없는 존재.

애초에 원래 음악이라는 것이 쉽게 섞어 낼 수 있는 것은 아니었다.

같은 곡을 다른 느낌으로 연주하는 이들에게는 더더욱.

보통의 경우 둘 중 하나가 다른 하나에게 잡아먹힌다.

실력이 떨어지는 연주자가 더 뛰어난 연주자에게 밀려 자기 자신을 잃고 흔들리거나 하는 경우가 대부분이다.

아니면 그대로 존재감이 없이 묻힌다.

어찌 보면 전투라고 표현할 만큼 치열한 일인 것이라고 할 수 있다.

그리고 한지혁이 원하는 것 또한 정확히 그런 부분이었다.

'부딪히고, 깨져야 하니까.'

한지혁은 담금질당해야 한다.

그에게는 그런 경험이 부족했고, 부족한 것을 뒤늦게나마 채우기 위해서는 강하게 부딪히며 그것을 이겨 내야 했다.

한지혁은 그런 필요성을 느끼고 아리엘라에게 함께 연주를 해 보자고 물어보려 했던 것이다.

'그런데 아리엘라는 과연 어떤 생각으로 나와 함께 연주를 하면 좋겠다고 생각한 것일까?

모르겠다.

"저녁 식사 후에 봐요, 연습실에서."

아리엘라가 그렇게 말을 하고는 몸을 돌렸다.

그녀가 홀을 빠져나가는 것까지 확인하고, 한지혁은 의자에 털썩 앉았다.

"저녁 식사 후에……."

연주, 한번 해 보자.

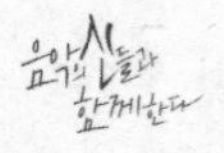

한지혁이 아리엘라를 다른 참가자들과 비교했을 때, 조금 특별하게 생각하는 이유는 사실 별거 없었다.

일단 가장 먼저 아리엘라의 바이올린이 그 어느 누구의 바이올린보다 좋았다.

그리고 그 외에는…….

'나를 먼저 신경 써 주는 느낌이란 말이지.'

한지혁이 먼저 신경을 쓰기 전에 아리엘라가 도리어 그를 챙겨 주는 듯한 느낌이 들었다.

처음에는 착각인가 싶었지만, 시간이 지날수록 그게 착각이 아니라는 것을 알아차릴 수 있었다.

분명 아리엘라는 한지혁을 의식하고 있다.

지난번 준결승 때 한지혁의 연주를 듣고 먼저 말을 걸어 스스로의 연주가 있다는 것을 잊지 말라고 조언까지 해 주지 않았던가?

세상 어느 누가 자신의 경쟁자에게 그렇게 조언을 해 줄 수 있을까?

물론 잘 찾아보면 어디엔가 그런 이가 있겠지만, 쉽지 않은 일이라는 것은 확실했다.

물론 아리엘라는 그것을 스스럼없이 이야기하지는 않았다.

조언해 주는 목소리에는 약간의 망설임이 담겨 있었지만

그것은 한지혁을 자신의 경쟁자로 생각해서 그런 것이 아니라 상대가 어떻게 받아들일지 모르겠어서 조심스러워하는 망설임이었다.

'그리고 무엇보다…….'

힐끗.

아리엘라는 저녁 식사를 하는 동안 계속해서 한지혁이 있는 쪽을 힐끗힐끗 보고 있었다.

저녁 식사를 끝내기 전까지는 최대한 머리를 비우고 마음을 편안히 먹으려 했던 한지혁이었는데, 아리엘라가 먼저 저렇게 의식을 하고 있으니 한지혁도 신경을 쓸 수밖에 없었다.

슬쩍 시선을 움직여 아리엘라를 바라보는데 때마침 아리엘라 또한 한지혁을 보려고 눈을 돌리고 있었다.

덜컥.

아리엘라의 몸이 순간 덜컥 멈췄다.

한지혁은 아리엘라의 눈을 피하지 않고 가만히 바라보았다.

그녀의 눈에는 호기심이 가득 담겨 있었다.

분명 한지혁을 탐색하는 듯한 느낌이었다.

밥을 어떻게 먹는지, 어떤 움직임을 보이는지를 하나하나 관찰하는 듯한 모습.

그것은 굉장히 특별한 경험이었다.

누군가에게 자신의 민낯을 보이는 것과 비슷한 느낌이었

으니까.

혹시 아리엘라가 자신에게 이성적으로 관심이 있는 것인가 생각이 들 정도로 묘한 행동이었다.

한지혁이 그녀의 눈을 피하지 않은 이유도 그 때문이었다.

그녀가 도대체 무슨 생각으로 계속해서 그를 관찰하는 것인지 알아보기 위해서.

그리고 한지혁은 조금 놀라야 했다.

'눈이 무슨…….'

아리엘라의 금빛의 눈은 너무나도 맑았다.

한지혁이 스스로를 쓰레기라고 생각을 하게 만들 만큼 말이다.

그녀의 눈은 너무나도 맑았아서 이성적인 관심은 정말 단 1퍼센트도 섞여 있지 않다는 걸 알 수 있었다.

그저 좋아하는 악기를 탐색하는 듯한 눈이었다.

"허."

한지혁은 저도 모르게 숨을 토해 냈다.

황당하기도 했고, 동시에 어떻게 저런 순수한 눈이 있을 수 있을까 싶었다.

눈을 마주치고 가만히 있자, 아리엘라는 자신이 한지혁을 너무 뚫어져라 쳐다보고 있었다는 것을 인지했는지 짐짓 아무렇지 않은 척하며 고개를 돌렸다.

하지만 그녀의 볼은 아주 약간이지만 붉게 물들어 있었다.

한지혁은 그것을 보고는 피식 웃음을 흘리며 식사를 이어 나갔다.

간단한 저녁이었다.

스프와 토스트, 베이컨과 계란 정도가 있는 상이었으니까.

일부러 무게감 있는 메뉴가 아닌 가벼운 메뉴로 준비했다고 들었다.

혹시 첫날부터 무거운 음식을 먹어 탈이 나면 안 되니까.

한지혁은 빵에 베이컨과 계란을 끼워 샌드위치와 비슷하게 먹었다.

그와 정반대로 아리엘라는 온몸으로 우아함을 뽐내며 식사를 하고 있었다.

같은 음식을 먹는데도 느낌이 전혀 달랐다.

한지혁은 그것을 보고 어쩌면 연주의 차이가 단순히 연주만 차이 나는 것이 아니라 삶의 전반적인 모습에 따라 갈릴 수도 있겠다는 생각을 했다.

그는 이내 고개를 한번 흔들고는 자신이 만든 샌드위치를 입에 집어넣었다.

한지혁의 먹는 속도는 그리 느리지 않았다.

아니, 같이 식사하는 다른 이들과 비교했을 때 압도적으로 빠른 속도였다.

원래 한국에서 먹던 습관이 있은 어쩔 수 없었다.

아무리 느리게 먹으려고 해도 먹다 보면 다 사라져 있었으니까.

잠시 빈 접시를 내려놓던 한지혁은 더 먹을까 고민하다가 더 먹으면 연습할 때 몸이 무거울 것 같아 참았다.

그는 빈 접시를 접시 두는 곳에 놔둔 후 자신의 방으로 올라갔다.

침대를 보자마자 괜히 나른해지는 기분에 한지혁은 하품을 한 번 한 후 양치를 했다.

연습 전 정신을 차리기 위해 세수를 하고, 그는 바이올린을 들고 방 밖으로 나왔다.

연습실은 혼자 쓰기에는 상당히 넓었다.

건물에 이런 연습실이 여덟 곳이나 있다는 사실에 한지혁은 다시 한 번 감탄했다.

피아노가 한 대씩 자리하고 있는 연습실은, 오로지 연습만을 위한 공간이라는 것을 제대로 보여 주고 있었다.

여기에 와서 연습을 안 하면 죄라도 짓는 기분이 들 것만 같았다.

한지혁은 케이스를 열어 바이올린을 꺼내 자세를 잡았다.

아리엘라는 식사를 끝내고 올 테니 조금 시간이 걸리리라.

먼저 연습을 하고 있을 생각이었다.

아리엘라 자체가 굉장히 교과서적이고 형과 식을 중시하는 느낌이었기에 그녀의 연주에 휘말리지 않으려면 미리 손을 풀어 두어야 했다.

연습 삼아 곡을 연주하고 있는데 문을 조심스럽게 두드리는 소리가 들렸다.

고개를 돌리니, 아리엘라가 빼꼼 고개를 내밀고 한지혁을 보고 있었다.

"어서 오세요."

"먼저 연습하고 계셨네요. 많이 기다리셨어요?"

"아뇨, 방금 왔어요."

"흐음, 파가니니 바이올린 협주곡 4번의 중반까지 왔으면 적어도 15분은 기다리신 것 같은데, 모른 척 조용히 넘어갈게요."

아리엘라가 살포시 웃으면서 말을 했다.

그녀의 말에 한지혁은 픽 웃었다.

맑은 웃음을 보인 아리엘라는 빠르게 바이올린을 들고 준비를 시작했다.

바이올린을 조율하고, 가볍게 파가니니 카프리스를 연주해 보는 것으로 손을 풀었다.

한지혁은 조용히 그녀가 손을 풀기를 기다렸다.

얼마나 기다렸을까.

아리엘라가 몸을 돌려 한지혁을 바라보았다.

한지혁은 방금 전과는 달리 진지한 눈빛을 하고 있는 그녀를 보고 긴장의 끈을 조였다.

그녀의 눈만 봐도 알 수 있었다.

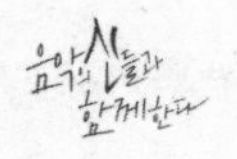

아리엘라는 결코 가벼운 마음으로 함께 연주를 해 보자고 한 것이 아니었다.

한없이 진지했고, 또 동시에 굉장히 긴장하고 있었다.

혹시 자신이 잡아먹히지 않을까 걱정하는 것.

한지혁이 하는 걱정과 같았다.

그녀와 같이 좋은 실력을 가진 연주자가 긴장을 한다는 것이 한편으로는 재미있기까지 했다.

하지만 그는 웃지 못했다.

지금 아리엘라가 긴장한 것보다 더 긴장을 하고 있는 게 그였으니까.

"바로 시작해 볼까요?"

"그러죠."

"어떤 곡으로 하는 게 좋을까요?"

"음, 본선에서 저희가 같은 곡으로 했죠?"

"파가니니 바이올린 협주곡 2번, 3악장. 좋은 곡이죠."

"그 곡으로 한번 해 볼까요?"

"좋아요."

둘 모두 그 곡으로 본선을 통과했다.

곡에 대한 숙련도는 이미 검증이 되었다는 뜻.

특별히 더 연습을 할 필요가 없는 곡으로 해 보는 게 가장 정확하다.

한지혁과 아리엘라는 서로를 마주 보며 동시에 활을 들어 올렸다.

눈을 한 번 마주친 후, 그들은 약속이라도 한 듯 숨을 들이켰다.

그리고.

활이 움직인다.

지이잉.

지이잉!

둘의 연주의 시작은 정확히 일치했다.

그것은 마치 데칼코마니와 비슷했다.

같으면서도 같지 않은 시작이었다.

부드러움과 날카로움이 동시에 담겼다.

첫 소절을 연주할 때부터 아리엘라와 한지혁은 자신들의 시도가 틀리지 않았다는 것을 깨달았다.

온몸에 소름이 돋았다.

도입부부터가 강렬하게 부딪히고 있었으니까.

'여섯 현의 마법사'가 경악한 듯 입을 벌리고 당신과 상대를 번갈아 바라봅니다.

'들리지 않는 예술가'는 얼굴을 일그러뜨리며 손가락을 움찔거립니다. 그는 당장이라도 피아노 앞으로 달려가고 싶어 합니다.

'또 하나의 여왕'이 멈칫거리며 당신을 바라봅니다. 그는

어처구니가 없다는 듯 눈을 가늘게 뜨고 당신과 상대의 연주에 집중합니다.

음악의 신들이 그들의 연주에 시선을 주목했다.

누구는 경악했고, 또 누구는 악상이 떠올라 당장이라도 악기 앞에 달려가고 싶다는 마음과 연주를 계속 듣고 싶어 하는 두 개의 마음 사이에서 갈등하며 괴로워했고, 또 누구는 눈을 가늘게 뜨며 연주에 집중했다.

한지혁과 아리엘라의 연주에 관심을 보인 것은 그들뿐만이 아니었다.

'악마의 바이올리니스트'가 눈썹을 꿈틀거리며 당신과 상대의 연주에 귀를 기울입니다.

그것은 마치 폭발음이 울리는 것 같은 느낌이었다.

한지혁의 연주와 아리엘라의 연주가 부딪쳤다.

둘은 동시에 인상을 찡그렸다.

각자의 분명한 스타일이 극명하게 갈리며 충돌을 일으키고 있었던 것이다.

불협화음.

아마 둘의 연주를 들은 사람은 그런 평을 내렸을 것이다.

지이잉.

지잉!

날카로운 바이올린 소리가 연신 울렸다.

한지혁과 아리엘라는 활을 빠르게 움직이며 강한 소리를 내었다.

그것은 마치 전투와도 같았다.

서로의 연주가 부딪히며 집어삼키기 위해 일렁거리듯 소리를 내었으니까.

형식을 제대로 가지고, 튼튼한 틀을 따라 연주하는 아리엘라는 어렵지 않게 버텼다.

하지만 한지혁은 아니었다.

그는 비교적 자유로운 느낌의 연주를 해 나갔지만 그것은 틀이 없었기에 아리엘라에게 밀릴 수밖에 없었다.

아리엘라의 얼굴이 조금 편안해졌다.

그녀는 자신의 연주가 한지혁의 연주를 조금씩 갉아 먹으며 영향력을 키우고 있다는 것을 충분히 인지하고 있었던 것이다.

반대로 한지혁의 얼굴은 조금씩 일그러지고 있었다.

더 강하게 연주하려 애쓰고 있었지만 아리엘라의 연주는 흔들림 없이 버티며 자신의 길을 묵묵히 걸어 나갔다.

한지혁은 순간적으로 자신의 연주가 어긋나려고 하는 것을 겨우 막을 수 있었다.

'허.'

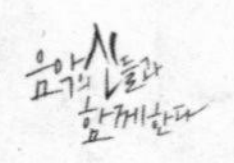

그는 평안함을 유지하려 애쓰며 연주를 이어 나갔다.

흔들리고는 있었지만 한지혁은 절대 아리엘라에게 잡아먹힐 생각이 없었다.

정신을 똑바로 차리고 연주를 이어 나가다 보면 판을 뒤집을 수 있는 순간이 오리라.

움찔거리며 떨리는 한지혁의 활은 실수를 만들 것 같으면서도 아슬아슬하게 연주를 잘 이어 나갔다.

아리엘라가 눈을 떠 힐끗 한지혁의 손가락을 바라보았다.

빠르게 움직이는 한지혁의 손가락이 눈에 들어왔다.

그녀는 멜로디를 따라 가볍게 몸을 움직이며 연주를 해 나가는 한지혁을 보며 더욱더 몰아쳤다.

그것은 마치 견고한 성벽과도 같았다.

아리엘라가 한지혁을 바라보며 연주를 해 나갈 때, 한지혁은 말 그대로 성벽이 조금씩 자신에게 다가오는 듯한 느낌을 받아야 했다.

깔리면 죽는다.

그대로 집어삼켜져, 저 성벽을 이루고 있는 돌덩어리들 중 하나가 되리라.

여기서 아리엘라의 연주에 진다면 한지혁의 연주는 그저 그녀를 빛내기 위한 들러리밖에 되지 않는 꼴이었다.

한지혁은 최대한 침착하려 노력하며 연주를 이어 나갔다.

바람 앞의 촛불과도 같은 모습.

그리고, 왼손 피치카토 부분이 나왔을 때, 그는 그제야 숨통이 트인 기분이었다.

산소가 공급된다.

한지혁은 그 기회를 놓치지 않았다.

불꽃과도 같은 한지혁의 바이올린은 아리엘라의 연주를 부드럽게 휘감듯 조금씩 억누르며 자신의 영역을 넓혔다.

관객이 있었다면 절반 이상이 아리엘라를 바라보고 있다가 이 순간 한지혁에게로 시선을 움직였을 것이다.

'거리 위의 천사'가 신음을 흘립니다. 그는 고통 섞인 아름다움이라며 미간을 좁힙니다.

'들리지 않는 예술가'는 침묵을 지키며 당신을 지켜봅니다. 그는 당신의 연주를 들으며 복잡한 표정을 보이고 있습니다.

'또 하나의 여왕'이 악기들의 부딪침에 유쾌한 얼굴을 해 보입니다.

부딪치고, 또 부딪친다.

한지혁의 연주가 마치 불꽃의 그것과도 같이 넘실거리며 아리엘라의 소리를 불태웠다.

아리엘라가 다급한 얼굴로 연주를 계속했다.

그녀는 단단한 연주로 버티려 했지만 한 번 불이 붙은 것을 쉽게 끌 수는 없는 법이었다.

이어지는 연주에 그녀는 계속해서 한지혁에게 밀려야 했다.

그리고 어느 순간, 한지혁과 아리엘라의 연주가 절묘하게 균형을 맞췄다.

'어……?'

그것을 느낀 한지혁은 머리가 순간 하얗게 되어 아무것도 할 수 없었다.

'팝의 황제'가 놀란 얼굴로 당신을 바라봅니다.

'들리지 않는 예술가'의 눈이 떨리고 있습니다. 그는 당혹스럽다는 듯 손을 움찔거립니다.

음악의 신들도 반응했다.

하지만 한지혁은 그것을 읽을 정신이 없었다.

절묘한 균형을 이루는 순간, 그 순간은 마치 전기라도 오른 듯 찌릿한 느낌이었으니까.

머릿속에서 폭죽이 터지고, 전구가 켜지는 것 같았다.

그래서 그랬을까?

한지혁은 연주에 전만큼 집중할 수 없었다.

본능적으로 손은 움직이며 연주를 하고 있었지만, 전과 같은 박력은 없었다.

당연히 그대로 균형은 무너지며 아리엘라가 다시 한지혁

을 압도할 수밖에 없었다.

한번 무너진 균형은 다시 회복해 낼 수 없었다.

한지혁은 그대로 아리엘라의 연주에 잡아먹혔다.

파가니니, 바이올린 협주곡 2번 3악장은 그렇게 끝을 맺었다.

"왜……?"

아리엘라는 의아한 눈빛으로 한지혁을 바라보았다.

그녀 또한 음악적으로 굉장히 예민한 사람이다.

한지혁이 중간부터 정신을 차리지 못하고 연주에 집중하지 못했다는 것을 알아차렸다.

그 이유를 물으려 했지만 아리엘라는 말을 하다 말고 입을 다물어야 했다.

한지혁이 멍한 눈으로 아리엘라의 바이올린을 바라보고 있었기 때문.

그 눈동자 속에는 거대한 생각들이 뒤섞여 있었다.

지금 그에게 말을 걸면 안 되겠다는 생각에 아리엘라는 침묵을 유지했다.

한지혁은 아리엘라의 바이올린을 가만히 바라보며 머릿속으로 수많은 악상들을 떠올리고 있었다.

그것은 단순히 곡을 만들어 내거나 하는 것이 아니었다.

아리엘라의 연주와 자신의 연주가 완벽하게 균형을 맞추고 섞였을 때 어떠한 연주가 나오는지를 엿본 것이다.

그것을 계속해서 유지할 수 있다면 정말 말 그대로 '완벽한' 연주가 탄생하지 않을까 하는 마음에 머릿속으로 그 방법을 더듬어 찾아가고 있는 중인 것이었다.

조금이라도 더 완성도 있는 연주를 할 수 있도록.

한지혁은 알았다.

자신의 스타일을 잘 살리는 것도 굉장히 중요하다.

그것은 음악적으로 중요하고, 스스로의 존재를 나타내 보이기 위해서는 꼭 필요하다.

하지만 그것이 모두를 만족시키느냐?

아니, 그럴 수는 없다.

당장 심사 위원들의 태반조차 만족시킬 수 없는 연주임이 드러났다.

모두가 인정하고, 모두를 만족시킬 수 있는 연주.

방금 전 균형이 맞았을 때와 같은 연주를 한다면 가능하지 않을까?

한동안 가만히 아리엘라의 바이올린을 바라보던 한지혁은 다행히 얼마 있지 않아 정신을 차릴 수 있었다.

"죄송합니다. 갑자기……."

"아니에요. 힌트라도 얻으셨나 보네요."

"힌트랄까……? 신기한 기분이네요."

한지혁이 묘한 표정으로 그렇게 답했다.

그는 정말로 힌트를 얻은 것 같은 느낌이었으니까.

아리엘라는 픽 웃으며 활을 들어 올렸다.

"다시 한번 해 볼까요?"

"부탁할게요."

조금이라도 이 감각을 다시 느끼고 싶었다.

먼저 말을 꺼내 주는 아리엘라에게, 한지혁은 큰 고마움을 느꼈다.

아리엘라와 함께, 한지혁이 다시 한번 활을 움직이기 시작했다.

세상 사람들 모두가 주목할 만한 연주를.

아리엘라와의 연습은 밤늦게까지 이어졌다.

한지혁이나 아리엘라나 정신을 차리지 못하고 함께 연주를 하는 즐거움에 빠져들었으니까.

그녀와 연주를 하면서 한지혁은 일주일 만에 정말 자신이 '음악'을 하고 있다는 느낌을 받을 수 있었다.

진심으로 즐거웠다.

세상에 이것보다 더 재미있는 일이 있을까 싶을 정도로 말이다.

때로는 한지혁이 아리엘라를 몰아붙이기도 했고, 반대로 아리엘라가 한지혁을 몰아붙이기도 했다.

한지혁은 아리엘라와 자신의 연주 사이에 미묘한 균형을 맞추기 위해서 노력했다.

하지만 그게 쉽지는 않았다.

첫 번째 연주에서 보였던 절묘한 균형의 아름다움은 착각이었다는 듯 그 뒤로는 나타나지 않았다.

마치 신기루를 보는 것 같았지만 처음에는 조금 조급하게 그 느낌을 찾아 연주를 해 나가던 한지혁은 얼마 있지 않아서 그저 연주 자체를 즐겼다.

밤 11시.

저녁 식사 후 그들은 네 시간이 넘도록 함께 연습을 했다.

이제 몸이 축축 늘어져 더 이상 연습이 힘들 것 같다는 생각이 들었다.

한지혁은 아리엘라의 눈을 보고 그녀가 자신과 비슷한 생각을 하고 있다는 것을 알 수 있었다.

"재미있네요."

아리엘라가 말했다.

한지혁은 바이올린을 내리며, 고개를 끄덕였다.

"오랜만에 재미있게 연주한 것 같아요. 감사합니다, 아리엘라."

"저도…… 감사합니다. 연주하는 즐거움을 다시 얻은 것 같아요."

아리엘라가 생긋 웃었다.

"조금이라도 도움이 되었으면 좋겠네요."

그녀는 그렇게 말을 하고는 시간을 확인했다.

늦은 시간까지 연습을 했다는 것을 깨달은 그녀는 이내 서둘러 바이올린을 정리했다.

한지혁 또한 바이올린을 정리해 나갔다.

아침에 일어나 또 연습을 하려면 얼른 들어가 자야 했다.

"수고하셨습니다. 내일 봐요."

둘은 인사를 하면서도 다시 한번 함께 연습하자는 말을 하지는 않았다.

그들에게 주어진 여유가 오늘밖에 없다는 것을 둘 다 잘 알고 있었으니까.

내일부터는 개인 연습과 합주 연습으로 바빠 함께 연습을 할 시간이 나지는 않을 것이다.

한지혁과 아리엘라는 함께 연습실을 빠져나왔다.

아리엘라가 가는 것을 확인한 한지혁은 자신도 몸을 돌려 방으로 향했다.

그는 천천히 걸음을 옮기며, 머릿속으로는 선율을 뽑아내고 있었다.

방금 전 자신이 연주한 것과 아리엘라의 연주를 번갈아 떠올리며 뒤섞어 보았다.

머릿속에서 선율이 얽히고설키며 기분 좋은 소리를 만들어 냈다.

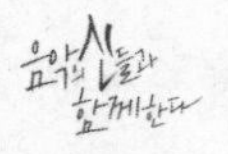

무언가 알 듯 말 듯한 기분이었다.

한지혁은 볼을 긁적거렸다.

방으로 향하는 그의 걸음이 조금씩 빨라졌다.

"아, 자야 하는데……."

방으로 들어와서, 그는 그렇게 중얼거리면서도 서둘러 샤워를 하고는 바로 노트북을 펼치고 앉았다.

그는 빠르게 손을 움직이며 노트북을 조작했다.

절묘한 조화.

그것을 이루면 완벽에 가까운 연주를 할 수 있게 된다.

한지혁의 연주는 더 발전할 수 있는 여지를 가지고 있는 것이다.

'절대 같은 실수를 반복하지 말아야지.'

이미 한지혁은 멍청한 선택을 했었고, 그것은 아마 이번 생에 그가 했던 선택들 중 가장 어리석은 선택으로 기억될 것이다.

그때 처음으로 좋지 못한 평가를 들으며 정신적으로 흔들리고 있었던 것이 맞지만, 아무리 그랬다고 해도 자신을 버린다는 것을 선택하는 과오는 저지르지 말았어야 했다.

"이번에는……."

둘 다 살린다.

한지혁이라는 존재를 제대로 보일 것이고, 곡의 완성도 자체를 높일 것이다.

할 수 있을 것 같았다.

한지혁은 노트북을 한참이나 만지작거리다가, 두 손을 들어 올렸다.

“됐다.”

된 것 같다.

문제는 이게 맞는지 확인할 방법이 없다는 것.

아리엘라와 한 번 더 합주를 해 본다면 알 것 같기도 했지만, 콩쿠르 준비로 바쁜 그녀에게 또 한 번 합주를 부탁을 할 수는 없었다.

쯧 하고 혀를 찬 한지혁은 노트북을 덮고 그대로 침대로 향했다.

누워서 어떤 식으로 확인하면 좋을지를 생각하던 그는 저도 모르게 잠에 들었다.

그 기회는 한지혁의 생각보다 빨리 찾아왔다.

합숙 생활은 생각보다 별게 없었다.

첫째 날 아리엘라와 함께 밤늦게까지 연습을 한 것 말고는 특별한 일은 일어나지 않았다.

둘째 날은 그저 개인 연습에 집중을 했다.

그 와중에 한지혁은 어떻게 하면 아리엘라의 바이올린과

균형을 맞출 수 있을지를 고민했다.

어쩌면 아리엘라의 장점만 가지고 와서 자신의 연주에 담을 수 있지 않을까 싶었던 것.

하지만 그런 고민이 쉽게 해결될 리 없었다.

하루가 또 그렇게 지나갔다.

숙소에서 맞이하는 두 번째 아침.

한지혁은 오전 7시에 눈을 떴다.

알람을 맞춰 두지도 않았는데 저절로 눈이 떠졌다.

8시에 기상을 하려 했는데, 그보다 일찍 일어나서 조금 더 잘까 싶었지만 그는 이내 기지개를 켜며 침대에서 몸을 일으켰다.

샤워부터 하고, 아침 식사를 위해 식당으로 내려가니 이미 직원분들이 식사를 준비하고 있었다.

세 가지 중에서 메뉴를 선택할 수 있게 되어 있었다.

아침이라서 그런지, 식사는 간단한 면 중심 메뉴 하나와 빵 중심 메뉴 두 개가 준비되어 있었다.

한지혁은 잠시 볼을 긁적거리다가 첫날 저녁에 먹었던 것과 비슷한 구성을 가진 메뉴를 선택했다.

조용히 아침 식사를 하며 이어폰을 꺼낸 그는, 이틀 전 아리엘라와 합주를 했던 날 밤 자신이 만들어 낸 음원을 들었다.

한지혁이 한 작업은 사실 굉장히 단순했다.

그의 연주와 최대한 아리엘라와 비슷한 스타일의 연주를 파일로 만들어 간단하게 믹싱한 것뿐이니까.

원래 한지혁은 자신의 바이올린을 자주 녹음하고는 했으니 스스로의 녹음본을 구하는 것은 어렵지 않았다.

아리엘라와 비슷한 스타일의 연주를 찾기는 조금 시간이 걸렸지만 결국에는 잘 찾아서 믹싱을 해 볼 수 있었다.

절묘한 균형을 맞추었다고는 할 수 없지만, 적어도 최소한 듣기 거북한 느낌은 아니었다.

서로 부딪히고 싸우는 게 아니라, 이어질 듯하면서도 결코 어우러지지 않는 연주였다.

녹음을 해서 한지혁의 입맛대로 믹싱을 한 것이기에 이 정도인 것이지, 아마 이 연주를 한 이와 직접 만나서 한다면 아리엘라와 함께했던 것처럼 서로 부딪히고, 영향력을 행사하며 잡아먹는 데에 바빴을 것이다.

“쉽지는 않네.”

한지혁이 중얼거렸다.

자기가 원하는 대로 만진 것인데도 불구하고 이 정도밖에 되지 않는다.

균형을 잘 맞추면서도 형식 안에 있는 자유로움을 표현해 낼 수 있으면 얼마나 좋을까?

자유에는 반드시 책임이 따르는 것처럼, 최소한의 보호 장치를 가진 불꽃과 같은 연주를 하고 싶었다.

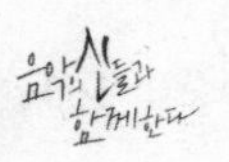

견고한 틀을 가진 아리엘라와 다시 한번 연주를 해 보면 어떻게든 그 힌트를 다시 얻어 볼 수 있을 듯싶은데, 그럴 기회가 없다는 사실이 아쉬웠다.

"어쩔 수 없는 거니까."

자신의 성장을 위해서 아리엘라의 연습을 방해할 수는 없는 법이다.

그는 식사를 마치고 자리에서 일어나 오전 연습을 하러 연습실로 향했다.

오늘 오후 4시부터 7시까지, 세 시간 동안 콩쿠르에서 합주할 피아니스트와 함께 연습을 해야 하기 때문에 오전 연습으로 그리 무리할 생각은 없었다.

바이올린을 들고, 자세를 잡았다.

언제나 그런 것처럼 익숙하게 활을 움직였다.

지이잉.

부드럽게 활이 움직이며 현과 활이 만나 소리를 냈다.

한지혁은 최대한 풍부한 감정을 담으려 노력했다.

그 와중에 아리엘라와 비슷하게 형식과 틀을 가진 연주를 하려 시도하고 있었고.

쉬운 일은 아니었다.

'근데 뭔가 될 것 같단 말이지.'

아슬아슬한 느낌이다.

딱 한 번의 계기만 있으면 해낼 수 있을 것 같은 느낌.

흐음, 하고 소리를 낸 한지혁은 두 시간을 연습하다가 결국 활을 내렸다.

연습에 집중하지 못하겠다.

그는 결국 컨디션 조절을 위해 오후 연습이 있을 때까지 쉬는 것을 택했다.

어차피 곧 점심시간이니 밥을 먹은 후 잠깐 연습을 하며 손을 풀고 피아노와 함께 연습을 하면 되리라.

'잘 안 풀리네.'

그가 속으로 생각하며 한숨을 내쉬었다.

"안녕하세요. 모니카에요."

"반갑습니다, 모니카. 한지혁이라고 해요."

한지혁이 손을 내밀며 인사했다.

모니카가 싱긋 웃으며 한지혁의 손을 잡고 악수했다.

원래 연주자들에게 손은 굉장히 중요한 의미를 담고 있었다.

피아니스트나 바이올리니스트나, 손이 다치면 아무것도 할 수 없다고 봐야 하니 그들로서는 손을 중요하게 여길 수밖에 없었다.

그런 손을 무방비하게 상대에게 내미는 행동은, 나는 너에게 신뢰감을 가지고 있고 너와 정말로 좋게 지내고 싶다는 것을 표현하는 것이다.

물론 지금에 와서는 그렇게까지 큰 의미를 담고 있지는 않지만 손이 중요한 것은 여전했다.

그래서 모두 습관적으로 악수를 할 때 상대의 손을 아주 가볍게 쥔다.

"오늘 7시까지, 그리고 이틀 후에 다시 세 시간. 시간이 그리 많지 않으니 열심히 해 봐요."

모니카가 말했다.

그녀는 의욕이 있는 모습이었다.

당연하게도 모니카는 연습이 그리 어려우리라 생각하지는 않고 있었다.

사실 피아노는 바이올린 콩쿠르에서 들러리에 불과하니까.

바이올린 연주를 돋보이게 하기 위한 도구라고 봐야 한다.

그저 세 시간 동안 상대가 어떤 연주를 하는지 파악한 후에 그것에 맞춰 자신도 연주를 해 나가면 되는 것.

"그럼 해 보죠."

한지혁이 그렇게 말을 하며 바이올린을 꺼내 들었다.

시간이 제한되어 있었기 때문에 간단한 인사만 하고 바로 연습에 들어가야 했다.

바이올린을 들어 올린 한지혁은 준비를 모두 마치고 모니카와 시선을 마주했다.

모니카가 살짝 고개를 끄덕이자, 한지혁도 고개를 끄덕거리고는 연주를 시작했다.

통통 튀는 듯한 피아노 소리와 한지혁의 바이올린 소리가 동시에 울려 퍼지기 시작했다.

한지혁은 첫소절만 듣고 모니카의 피아노 연주 실력이 상당히 뛰어나다는 것을 알 수 있었다.

아무렴, 파가니니 국제 콩쿠르에서 참가자들과 함께 연주를 해 줄 수 있는 실력의 피아니스트인데 실력이 떨어지겠냐마는…….

'대단하다.'

모니카는 한지혁이 감탄할 정도로 좋은 연주 솜씨를 뽐냈다.

감탄한 것은 한지혁뿐만이 아니었다.

'들리지 않는 예술가'가 나쁘지 않은 연주라며 고개를 끄덕거립니다.

무려 '들리지 않는 예술가'가 인정할 정도의 연주.

한지혁은 그 연주에 밀리지 않기 위해 노력하며 자신의 연주를 이어 나갔다.

마치 날것과도 같은 한지혁의 바이올린은 전보다 더 발전되어 있었다.

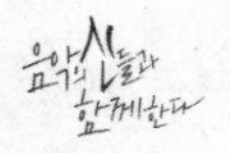

고민은 사람을 성장하게 한다는 말처럼 한지혁은 며칠간의 고민을 통해 조금이나마 성장을 한 것이다.

한지혁은 눈앞에 존재하는 벽을 인식했다.

그는 그것을 어떻게든 뛰어넘기 위해 노력하는 중이었다.

모니카의 연주는 어찌 보면 아리엘라와 비슷한 부분이 없잖아 있었다.

형식적이면서도 분석적이다.

다만 아리엘라가 교과서적인 느낌이었다면, 모니카는 교과서와 참고서를 섞은 듯한 느낌이랄까?

한지혁은 그것을 굉장히 좋게 보았다.

어쩌면 아리엘라와 자신의 연주의 균형을 맞출 수 있는 열쇠가 될 수도 있겠다는 생각을 했으니까.

연주를 이어 나가다가, 한지혁은 어느 순간 조금씩 자신의 연주가 바뀌고 있다는 것을 깨달았다.

'거리 위의 천사'가 미간을 좁히며 당신을 바라봅니다. 그는 변화의 시작을 느끼며 당신의 연주에 집중하고 있습니다.

'들리지 않는 예술가'는 고개를 갸웃거리며 알 듯 말 듯한 표정을 보이고 있습니다.

'또 하나의 여왕'은 입을 열어 즐거운 웃음을 터트립니다.

'어라? 이게 되네?'

순간 그런 생각이 들었다.

모니카의 연주와 한지혁의 연주가 정확히 균형을 맞추며 완벽한 호흡으로 진행되고 있었다.

그것뿐만이 아니었다.

한지혁은 자신의 연주가 틀에 감싸져 있다는 느낌을 받았다.

분명 이전 한지혁이 가지고 있던 자유로움과는 조금 다른 자유로움이 그를 지배하고 있었다.

기본적인 틀을 가지고 있지만, 분명히 자유로움 또한 있다.

완벽하다고 감히 말할 수는 없겠지만, 적어도 완벽에 한 계단 더 가까워졌다는 것은 확실하게 말할 수 있었다.

한지혁은 거기서 집중력을 잃지 않고 더욱 더 가까이 다가가기 위해 노력했다.

빠르게 손을 놀리며 잰걸음으로 걸음을 옮기듯 앞으로 나아간다.

모니카가 힐끗 한지혁을 바라보았다.

하지만 한지혁은 그녀가 자신을 바라보았다는 사실조차 모를 정도로 집중해서 연주하고 있었다.

오로지 바이올린과 자신만을 바라본다.

함께하고 있던 피아노 소리는 이미 그의 귀에 들리지 않고 있었다.

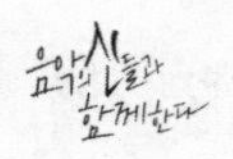

바이올린과 완벽하게 호흡을 맞추며 진행되는 피아노.

아슬아슬하게 줄타기를 하는 느낌이었다.

한지혁의 이마에 땀이 맺힌다.

그는 눈을 깜빡거리며 땀을 흘려보냈다.

뚝.

땀이 한 방울 바닥에 떨어져 부서졌다.

이 아슬아슬한 느낌을 안정적으로만 바꿀 수 있다면 그는 벽을 뛰어넘을 수 있을 것이다.

그렇기에 한지혁은 필사적으로 달려들었다.

지금 이 느낌을 잊지 않으려고.

그리고 이 아슬아슬한 느낌을 안정적으로 바꾸기 위해서.

곡의 끝이 다가오고 있었다.

한지혁은 속으로 제발을 계속해서 외치며 매달렸다.

감각을 최대한으로 살리며 가능성이라는 실을 조심스레 잡아당겼다.

한지혁은 인상을 한번 찡그렸다가 펴고는 활을 멈췄다.

곡이 끝났다.

가느다란 실이 끊어졌다.

그를 지탱하고 있는 줄이 무너졌으니, 더 이상 그가 할 수 있는 것은 없었다.

그가 아쉽다는 듯, 입맛을 다시며 바이올린을 내렸다.

모니카는 침을 꿀꺽 삼켰다.

'이게 무슨……!'

한지혁은 분명 마지막 멤버로, 그것도 원래라면 없을 일곱 번째 결승 진출자로서 이곳에 들어왔다고 들었다.

근데 어떻게 이런 연주가 가능한 것일까?

본래 그녀는 이번 연습에서 긴장하지 않고 있었다.

보조만 잘 맞추면 되겠지 하는 생각이었으니까.

연주자로서 공연을 하는 것이 아니라, 바이올린이 콩쿠르를 제대로 할 수 있을 정도로만 준비하면 된다는, 그런 안일한 생각이었다.

당연히 그녀는 자신이 솔로 피아니스트로서 무대에 설 때보다 덜 긴장할 수밖에 없었다.

긴장이 풀려 해이해져 있었던 것이 사실이다.

그리고 그녀의 그 긴장은 한지혁과 함께 연주를 시작하자마자 숨 쉴 틈도 찾지 못할 정도로 조여졌다.

화르륵!

한지혁의 바이올린은 마치 불꽃이 활활 타오르는 것처럼 타올랐고다.

그녀는 그 연주를 보조하기 위해서 최선을 다해야만 했으니까.

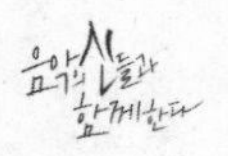

'뭐야……?'

일곱 번째 결승 진출자.

그 말은 결승 진출자들 중에서는 실력이 가장 떨어진다는 말이었다.

적어도 모니카는 그렇게 받아들이고 있었다.

첫 번째 결승 진출자인 아리엘라와 합을 맞춘 것이 어제다.

그리고 오늘, 처음으로 한지혁과 함께하는 것인데…….

'아리엘라만큼이나 잘해.'

아니, 그녀보다 더하다.

아리엘라를 보조하는 데에는 그리 큰 힘이 들지 않았지만 한지혁을 보조하는 데에는 정말 이를 악물고 연주해야 했으니까.

그녀는 한지혁을 바라보면서 조용히 건반에서 손을 뗐다.

'어쩌면.'

정말로 어쩌면…….

저 일곱 번째 결승 진출자가 파가니니의 바이올린을 들어올릴 수도 있을 것 같았다.

한지혁은 모니카와 연습을 마치고 방에 돌아오자마자 노트북을 펼쳤다.

그의 바이올린은 분명 모니카와의 연습에서 아슬아슬하게나마 균형을 맞추었다.

그것은 모니카의 피아노와 균형을 맞춘 것이기도 하지만 동시에 한지혁 스스로의 연주가 자유와 틀 사이에서 균형을 맞출 수 있는 계기이기도 했다.

그것이 가장 중요한 부분이었다.

단순히 다른 연주자와 연주를 하며 균형을 맞췄다는 것보다 스스로의 연주를 아슬아슬하게나마 균형을 맞췄다는 것이 더 대단한 거니까.

결국 아리엘라와 함께 연주를 하며 얻은 힌트를 사용해 다음 단계로 넘어갈 수 있는 또 하나의 힌트를 얻은 것이다.

한지혁은 오늘 밤을 그냥 '아, 힌트를 얻었구나.' 하는 생각을 하며 그냥 보내지는 않을 작정이었다.

힌트를 얻은 지금, 그것을 살려서 어떻게든 더 앞으로 나아가려고 발악해야 한다.

지금 그가 확실하게 얻었다고 생각하는 약간의 힌트는 언제든 사라질 수 있는 허상으로 끝날지도 모른다는 사실을 한지혁은 알고 있었으니까.

노트북을 펼쳐 그는 자신이 작업을 하고 있던 앨범 파일을 열었다.

다섯 개의 곡은 완성되어 있었지만, 마지막 여섯 번째 곡은 아직 절반은커녕 시작밖에 하지 않은 상황.

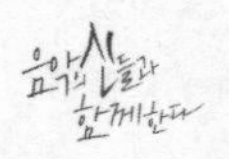

한지혁은 그 여섯 번째 곡을 작업하며 자신의 바이올린을 시험해 볼 생각이었다.

머릿속에서 악상이 넘쳐나고 있었다.

그것을 어떻게 연주할지에 대한 계획도 있었으니까.

이제 중요한 것은 한지혁이 과연 정말로 균형을 잘 맞추며 원하는 연주를 해낼 수 있는가의 문제겠지만.

'할 수 있을 거야.'

균형이 완벽하게 맞는, 누가 들어도 좋은 연주를 하기 위해서 그는 노력을 멈추지 않을 테니까.

한지혁은 임시 마이크를 노트북에 연결하고는 바이올린 연주를 시작했다.

지이잉.

빠른 속도의 자유로운 바이올린 연주가 펼쳐진다.

거기서 아주 조금씩 한지혁은 자신의 연주에 변화를 주었다.

불을 조금씩 가두기 시작한다.

경계를 만드는 것이다.

불은 인간의 삶에 없으면 안 되는 것이지만, 때때로는 목숨을 앗아 가는 무서운 존재기이도 하다.

한지혁은 모니카와 함께 연주를 해 나가며 알 수 있었다.

결국 통제되지 않는 자유로움은 그저 막나가는 것일 뿐 자유롭다 말할 수 없다.

그것을 그는 이해했다.

무엇이든 적재적소에 쓰여야 하고, 과하지 않아야 한다.

한지혁은 자신이 지금까지 만든 다섯 개의 곡의 요소를 전부 합해 여섯 번째 곡을 만들어 내기 시작했다.

하나의 기본적인 틀을 가지고 불꽃과도 같은 연주를 해 나가며 틀을 채우기 시작했다.

생각보다 좋은 창작 방식이었다.

어쩌면 즉흥적인 연주 같아 보일지도 모르지만, 기본적인 틀을 가지고 있기에 완성도 면에 있어서 그리 뒤처지지 않고 있었다.

거기에 한지혁의 자유로운 연주는 순간적인 감정까지 세밀하게 표현해 낼 수 있었으니까.

한지혁은 곡 녹음을 다 끝낸 다음, 녹음본을 들으며 볼을 긁적거렸다.

뭔가 애매하다.

균형이 대충 맞는 것 같긴 한데 그리 마음에 들지는 않았다.

모니카와 함께 연주를 했을 때 느꼈던 그 감각이 없었다.

"어쩔 수 없는 건가?"

자신의 연주로만은 그런 전율을 느끼지 못하는 건가 싶었다.

아쉬웠다.

한지혁은 한 시간이나 더 노트북을 만지작거리며 곡을 편

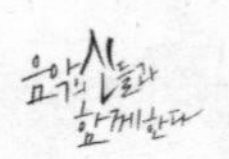

곡해 봤지만, 답은 나오지 않았다.

그는 결국 노트북을 덮었다.

개인 연습도 중요했지만, 결승에서는 바이올린 솔로로만 연주하는 것이 아니다.

피아노와의 합주도 연습을 했으니, 이제 오케스트라와 함께할 차례였다.

개인적으로 한지혁이 가장 기대를 하는 순석이기도 했다.

정말 솔직히 말해서 피아노와의 연습은 큰 기대를 가지고 있지 않았지만 오케스트라와의 연습은 상당히 기대를 가지고 있었다.

LA 필하모닉의 연주를 감상하며 관심이 높아진 것이다.

그만큼이나 웅장한 연주에 자신이 참여하고, 또 그들을 자신이 리드하게 되는 셈이니까.

그래서 한지혁은 오케스트라의 멤버들이 모여 있는 홀에 들어가기도 전에 입가에 미소가 맺혀 있었다.

오케스트라와 함께 연주를 하게 되면 과연 어떠한 소리가 날까?

지난날 고민하고 있던 것들이 지금 순간만큼은 떠오르지 않았다.

그냥 기대가 될 뿐이었다.

두근거리는 마음을 품고 한지혁은 문을 열었다.

홀 안으로 들어서자 공기의 흐름부터 달라진 느낌이었다.

총 열여섯 명의 오케스트라가 동시에 고개를 돌려 한지혁을 바라보았다.

한지혁은 짐짓 여유로운 모습을 보이며 당당하게 걸음을 옮겨 다가갔다.

"반갑습니다. 한지혁입니다."

그는 메인 바이올린부터 시작해 한 명 한 명과 인사를 나눴다.

다들 중년의 나이를 가진 연주자들이었기 때문에 한지혁은 그들에게 충분한 예의를 차려 주었다.

일단 연주 경력에 있어서 그들이 한지혁보다 선배일 것은 분명하니까.

"바로 맞춰 보죠."

한지혁의 그 말에 오케스트라가 일제히 악기를 들어 올리면서 자세를 잡았다.

그들이 오늘 연습할 곡은 파가니니의 바이올린 협주곡 4번.

오케스트라와 함께할 곡으로 적합한 곡이다.

아슬아슬하게 고난이도의 테크닉을 보이면서 연주해야 하는 곡이기 때문에 바이올린 솔로에게 상당한 부담이 가는 곡.

하지만 동시에, 그것을 잘해 낸다면 많은 시선을 받을 수

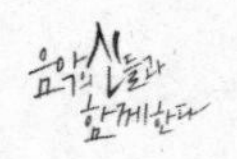

있는 곡이기도 했다.

한지혁은 한 번 실패했던 이 곡을 다시 한번 시도해 성공적인 연주를 이끌어 낼 생각이었다.

오케스트라는 서로를 한번 바라보더니 고개를 끄덕거렸다.

파가니니, 바이올린 협주곡 4번, 1악장.

유독 긴 느낌의 오케스트라 전주가 한지혁의 마음을 준비시켜 주었다.

전주를 들으며 한지혁은 입꼬리가 올라가려는 것을 겨우 참아야 했다.

악기 하나를 가지고 오케스트라와 같은 소리를 낸다고?

한지혁은 말도 안 된다고 판단했다.

이 웅장한 소리를 어떻게 하나의 바이올린을 가지고 표현해 낼 수 있을까?

정말로 파가니니는 악마와 계약했던 것은 아닐까?

속으로 생각하던 한지혁은, 순간적으로 고개를 갸웃거렸다.

가만히 듣고 있는데 오케스트라의 소리가 웅장하고 듣기 좋기는 했지만 생각보다 단단하지는 않았다.

단단한 소리를 내 주며 절대 깨지지 않을 것 같은 느낌을 주면 더 좋을 것 같은데.

'들리지 않는 예술가'가 걱정스러운 눈빛으로 오케스트라와 당신을 번갈아 바라봅니다. 과연 잘할 수 있을지 모르겠

다며 그가 고개를 흔듭니다.

'거리 위의 천사'는 어설픈 느낌이 없잖아 있는 오케스트라라며 아쉽다는 듯 입맛을 다십니다.

'또 하나의 여왕'은 그저 오케스트라를 비웃을 뿐입니다.

음악의 신들 또한 오케스트라의 연주에 의문을 표하거나 아쉬움을 드러냈다.

잠시 의아해하던 한지혁은 이내 오케스트라에게 주던 시선을 움직여 홀의 빈 좌석들을 바라보았다.

자세를 잡고…….

한지혁은 조용히 호흡하는 것을 반복했다.

그리고 드디어 솔로 바이올린의 차례.

그가 조심스럽게 자신의 활을 움직이기 시작했다.

파가니니의 바이올린 협주곡 4번은 총 세 개의 악장으로 나뉘어 있다.

그리고 첫 번째 악장의 특징은 한마디로 정의할 수 있다.

고결한 바이올린.

바이올린 독주를 최대한 살리는 방향으로 곡이 만들어져 있다.

정말 말 그대로 아름다운 바이올린 기교들을 보여 주며 연주자가 얼마나 바이올린에 능숙한지 보여 주는 연주였다.

한지혁은 최대한 오케스트라와 함께 호흡하며 좋은 음악

을 만들어 내기 위해 집중했다.

오케스트라가 가지고 있는 형식과 틀 안에 자신의 감정을 집어넣기 위해 노력했다.

아리엘라와 함께 연주를 했던 것을 떠올리며 말이다.

하지만 그러던 한지혁은 무언가 이상하다고 판단했다.

'뭐지?'

분명 오케스트라가 가지고 있어야 하는 단단한 틀이…….

'너무 느슨하다.'

처음 오케스트라의 음악을 들으며 단단함이 부족하다 생각했는데, 그게 지금에 와서 확실히 느껴졌다.

안정감이 없었다.

결국 한지혁이 아무리 열심히 감정을 살리며 균형을 맞추려 해도 안정감 없는 틀이다 보니 듣는 이는 불안한 마음만 들지, 아름답다는 생각을 하지 못하리라.

정신없이 2악장으로 넘어갔다.

한지혁은 걱정스러운 마음이 커졌다.

2악장은, 물론 한지혁의 개인적인 생각이지만, 파가니니의 바이올린 협주곡 4번에서 가장 인상적이고 연주하기 어렵다고 판단되는 악장이었다.

감정을 최대한으로 살리며 바이올린 선율 하나만으로도 사람을 울릴 수 있다는 것이 무엇인지 보여 주는 악장.

한지혁은 감정을 살릴 수 있는 자신은 있었지만, 그 감정을 절제하며 안정감 있는 모습을 보여 줄 자신은 없었다.

오케스트라의 소리가 단단했더라면 아마 한지혁은 오케스트라에게 조금 의지하면서 나아갔을 텐데 그러지도 못하니 방법이 없었다.

분명 2악장에서 오케스트라가 중후한 느낌을 살려 주고, 한지혁의 바이올린이 애처로운 듯한, 특유의 아름다우면서도 음울한 느낌의 연주를 살려야 하는데…….

지이잉.

오케스트라가 소리를 제대로 내 주지 못하니, 한지혁의 연주도 음울한 느낌만 주는 연주가 되어 버리고 말았다.

기대가 컸던 만큼 한지혁은 실망감에 빠져야 했다.

오케스트라가 제대로 살려야 하는 부분을 살려 내지 못하고 있었다.

그런 오케스트라의 연주에 한지혁 자신의 연주도 영향을 받고 있었다.

이건 정말 좋지 못한 현상이었다.

1악장이야 한지혁이 스스로의 기교를 뽐내며 진행되는 악장이기에 어찌어찌 넘겼다고는 해도, 2악장부터는 오케스트라와의 호흡이 틀어지면 그대로 연주가 죽어 버린다.

이걸 그대로 진행할 수는 없었다.

결국 한지혁이 손을 들었다.

오케스트라가 하나둘씩 연주를 멈추었다.

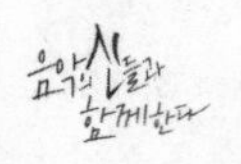

한지혁은 바이올린을 내리고 열여섯 명의 연주자들을 바라보았다.

그가 한숨을 내쉬었다.

"곡이 제대로 살지 않는 느낌입니다. 조금만 더 단단하게 해 주세요."

"알겠습니다."

오케스트라의 단원들이 일제히 답을 하더니 다시 자세를 잡았다.

한지혁은 더 디테일하게 요구를 하려다가 결국 입을 다물고는 다시 연주를 준비했다.

많은 경험을 가진, 파가니니 국제 콩쿠르에서 직접 예비한 오케스트라였으니 바로 알아들었으리라고 판단한 것이다.

그렇게 다시 연주가 시작되었다.

여전히 유독 긴 듯한 느낌의 오케스트라 전주가 끝나고, 한지혁의 바이올린 독주로 1악장이 지나갔다.

그리고 이어지는 2악장.

한지혁은 조금 긴장된 눈빛으로 오케스트라를 바라보았다.

과연 이번에는 어떤 연주를 보여 줄까.

그의 감정을 제대로 절제해 주면서도 온전히 느낌을 살려 줄 수 있는 단단한 연주를 선보일까?

아니면…….

한지혁이 조심스럽게, 그러면서도 자신의 감정을 최대한

끌어 올리며 활을 움직였다.

그것은 분명 터질 듯한 애절함이었다.

아슬아슬하게 쓰러질 듯 말 듯한 느낌을 주지만, 동시에 또 강한 힘을 가지고 있다.

그의 바이올린 연주에, 오케스트라의 소리가 하나둘 무너지기 시작했다.

한지혁의 불꽃은 결국 오케스트라를 통째로 집어삼켰다.

단단하지 못한 벽은 메인 바이올린을 시작으로 완벽하게 무너졌다.

방금 전이 단단함이 살지 않는 연주였다고 한다면, 지금은 그냥 소음밖에 되지 않는 연주라고 할 수 있었다.

한지혁은 굳은 얼굴로 바이올린을 내렸다.

"지금…… 뭐 하는 겁니까?"

그가 얼음 같은 목소리로 말했다.

이건 도저히 그냥 넘어갈 수 없을 것 같았다.

chapter. 4

최소한의 예의라는 게 있다.

사람으로서 당연히 지켜야 하는 예의는 물론, 연주자라면 당연히 지켜야 하는 예의까지.

지금 이 오케스트라에게는 그 기본적인 예의가 없었다.

능력이 안 되는 건 절대 아니다.

정말로 능력이 되지 않는 것이었다면 파가니니 국제 콩쿠르에서 연주자들과 협연을 할 수 있을 리가 없으니까.

이건 그냥 대충 하는 거다.

그냥 자신이 내야 하는 최소한의 소리만 내고서는 얼른 연습을 마쳤으면 하는 마음으로 임하고 있는 것이었다.

열여섯 명의 인원 전부가.

화가 났다.

이런 이들과 함께 협연을 해야 한다는 것 자체가 싫었고, 다시 방금과 같은 소음을 들어야 한다는 것에도 화가 났다.

그리고 당연하게도 화를 내는 것은 한지혁뿐만이 아니었다.

'들리지 않는 예술가'는 고개를 흔들며 저들은 연주자가 아니라고 말합니다.

'또 하나의 여왕'은 욕설을 중얼거리며 상대를 외면합니다.

'거리 위의 천사'는 그저 조용히 상대를 노려보며 이런 음악은 있을 수 없다고 말합니다.

그들의 메시지를 읽으며 한지혁은 입을 열었다.

"지금 여기가 꼬맹이들 다니는 학교도 아니고……. 뭐 하자는 거예요?"

지금껏 한지혁이 이렇게까지 화를 낸 경우는 없었다.

상대가 시비를 걸어와도 가소롭다거나 그냥 시비를 걸어온다고만 생각했을 뿐.

하지만 지금은 정말로 머리끝까지 화가 나는 느낌이었다.

'어떻게 연주자라고 하는 사람들이, 그것도 무려 파가니니 국제 콩쿠르에 참여하는 이들이 이런 소음을 만들어 낼 수 있지?'

이렇게 대충 연주할 거였으면 그냥 이곳에 오지 말았어야 한다.

"도대체 바이올린이 오케스트라와 협연을 하는 이유가 뭐라고 생각하는 겁니까?"

오케스트라의 그 단단하고 묵직한 소리와 함께 자신의 소리를 관객들에게 들려주기 위함이다.

뒤를 받쳐 주는 오케스트라를 믿고 용맹하게 나아가는 한 명의 장군과 같이 말이다.

그런데 지금 한지혁의 눈앞에 있는 오케스트라는 그에게 전혀 신뢰감을 주지 못하고 있었다.

연주에 든든하다는 느낌이 없었으니까.

솔리스트가 오케스트라를 믿고, 오케스트라 또한 솔리스트를 믿으며 연주를 해 나가야 하는데, 애초에 오케스트라가 연주를 제대로 할 마음이 없으니 그게 될 리가 없었다.

"……."

오케스트라는 침묵을 지켰다.

그들이 능력이 없어서 소음을 만들어 낸 것이 아니니까.

당연히 그들에게는 들을 귀가 있었다.

한지혁의 귀에 소음이라고 느껴진다면 그들의 귀에도 소음이라고 느껴질 것이다.

아무리 대충 한다고는 하지만, 그들도 기본적으로 연주를 하는 사람이기 때문에 지금 그들이 하고 있는 연주가 어떤지 정도는 바로바로 파악할 수 있을 터였다.

'조금 심했나?'

한 명이 연주를 대충 하면 티가 많이 나지 않는다.

지금 그들의 인원은 열여섯 명이었지만, 여기서 조금만 더 많아져도 사실 바이올린 쪽에서 실수가 한 번 나와도 대부분 모르고 지나친다.

심지어 연주자 스스로도 인지하지 못하고 지나가는 경우도 종종 있다.

그만큼 실수가 많이 덮이는 것.

그래서 다들 비슷비슷한 마음으로 연주에 임하고 있었다.

아, 다른 이들이 있으니 좀 대충 해도 모를 것이라는 마음.

그런 마음을 가지고 연주를 한 결과가 이것이다.

소음밖에 되지 않는, 도저히 연주라고 부를 가치도 없는 연주.

입을 다문 채 시선을 땅에 두고 있는 오케스트라를 보며, 한지혁은 한숨을 내쉬었다.

이걸 어떻게 해야 할지 모르겠다.

오케스트라의 마음가짐에 문제가 있는 건 확실하다.

한지혁이 이를 고치고자 해도 이 사람들이 자신들의 문제를 바꾸려 노력하지 않는다면 해결되지 않는 문제이다.

오케스트라만 잘해 주면, 어쩌면 한지혁이 느끼고 있는 자신의 앞에 있는 벽을 어떻게든 뛰어넘어 볼 수 있을 것 같았기에 더 머리가 복잡했다.

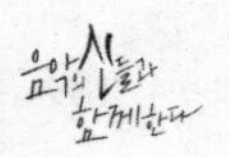

침묵을 지키는 그들을 보니 숨이 턱 하고 막히는 느낌이 었다.

무어라 반응이라도 한다면 한지혁도 어떻게 해서든 그들이 제대로 할 수 있도록 도와줄 텐데, 그런 것도 없으니 한숨밖에 나오지 않았다.

눈을 질끈 감았다가 뜬 한지혁은 결국 입을 열었다.

"일단…… 다시 해 보죠."

그가 할 수 있는 말은 그것밖에 없었다.

결국 한지혁은 바이올린을 다시 들었다.

오케스트라 또한 한지혁이 연주를 준비하는 모습을 보고는 자신의 악기를 들어 올리며 자세를 잡았다.

'제발…… 잘하자.'

정신 똑바로 차리고 제대로 하자.

한지혁은 오케스트라에게 말을 하듯 속으로 생각했다.

다시 연주가 시작되었다.

1악장의 전주를 들으며, 한지혁은 그래도 이번에는 조금이나마 뭐라도 할 의지가 보인다고 판단했다.

적어도 시작 부분에서 설렁설렁 소리를 내는 악기는 없었으니까.

그 단단함은 많이 부족했지만, 한지혁은 일단 계속 진행을 해 나가기로 마음먹었다.

오케스트라의 전주가 끝나고 한지혁의 바이올린이 시작되

었다.

옥구슬이 굴러가는 소리와 같다고 표현하던가?

구슬프게 울리는 한지혁의 바이올린 소리에 홀리듯 빠져들어 갔다.

부드럽게 사람의 마음을 녹이는 감정적인 연주를 이어 나간다.

이번 연주에서 한지혁은 조심스럽게 틀을 추가하려고 노력했다.

아리엘라가 가지고 있는 장점을 자신의 것으로 만들어 균형을 맞추려 하는 것이다.

1악장이 끝났지만 한지혁은 균형을 맞추는 것에 실패했다.

애초에 이렇게 손쉽게 성공했으면 그만큼 허무했을 것이다.

2악장의 시작.

한지혁은 속으로 '제발'을 외쳤다.

오케스트라가 단단하게 연주를 해 주어야 한지혁이 균형을 맞추며 벽을 뛰어넘을 수 있다.

그는 자신의 독주를 끝내는 시점에서 오케스트라를 힐끗 바라보았다.

오케스트라가 강하게 소리를 내며 연주를 해 나갔다.

전보다 더 단단해진 느낌이긴 했다.

방금 전의 연주가 소음이었다면, 지금 연주는 그래도 들어줄 수 있을 정도의 연주.

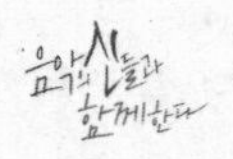

오케스트라 특유의 단단함이 나타나고 있었다.

한지혁이 기대했던 것보다는 많이 부족하지만, 그래도 기본은 된다.

분명 더 잘할 수 있을 텐데도 이렇게까지밖에 하지 않는 오케스트라가 못내 아쉬웠지만, 그래도 기본은 해 주니 다행이라는 생각도 들었다.

오케스트라가 자신들의 일을 제대로 해 주는 것을 확인하고는 한지혁은 눈을 감고 자신의 연주에 집중했다.

바이올린과 손가락, 그리고 활 끝에 온 정신을 모으며 연주를 이어 나갔다.

연주는 화려한 듯 수수했다.

불꽃이 넘실거리듯 강약을 제대로 조절하면서 조금씩 자신의 존재감을 넓혔다.

오케스트라가 가지고 있는 그 단단함을, 그 틀을 한지혁이 가지고 와야 했다.

그래야 균형을 맞출 수 있고, 그래야 벽을 뛰어넘을 수 있다.

조심스럽게 오케스트라의 연주에 침범했다.

울타리 속으로 들어가듯 그의 연주는 오케스트라의 속으로 들어가려 했다.

하지만.

지잉.

오케스트라 쪽에서 실수가 났다.

그들은 조금씩 한지혁에게 잡아먹히기 시작했다.

어쩔 수 없었다.

오케스트라에는 한지혁의 바이올린을 감당할 수 있는 연주자가 없었다.

오케스트라 전체가 한마음으로 모인다면 한지혁을 감당할 수도 있겠지만, 그들은 자신의 최선을 다해 하나의 악기처럼 연주하지 않았다.

딱 기본만 지키는 그들이 타오르는 불같이 연주하는 한지혁을 버틸 수 있을 리 없다.

결국 이번에도 3악장에 넘어가는 순간부터 오케스트라는 한지혁에게 전부 잡아먹혀 버렸다.

소음이라고 말할 정도로 무너지지는 않았으나, 누가 툭 건드리면 그대로 바스라질 것만 같았다.

결국 한지혁은 다시 한번 손을 들었다.

"그만하죠."

"괜찮았던 것 같은데, 왜……?"

누군가가 중얼거렸다.

재차 연주를 멈추니 조금 반발심이 생긴 것 같았다.

한지혁은 고개를 돌려 제2 바이올린을 바라보았다.

"'왜'라는 질문은 제가 하고 싶군요."

한지혁이 남자를 보면서 입을 열었다.

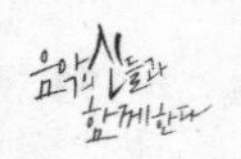

남자가 미간을 살짝 찡그리며 한지혁을 응시했다.

그의 그런 반응에도 불구하고 한지혁은 말을 이어 나갔다.

"1악장에서 두 번, 2악장에서 다섯 번. 3악장에서는 셀 수 없을 정도로 실수를 했죠. 손가락이 굳었습니까? 뭐 하시는 거예요? 2악장에서는 음을 제대로 잡지 못한 경우도 두 번이나 있었죠. 그런데 괜찮았던 것 같다고요?"

남자는 1악장에서 두 번의 실수를 했다.

스스로는 티가 나지 않는다고 생각했겠지만, 한지혁의 귀에는 들렸다.

2악장에서도 다섯 번의 실수가 있었다.

남들은 느끼지 못했을 수도 있다.

그저 한지혁은 그런 실수 하나하나가 모여 단단하지 않은 오케스트라를 만든다는 사실을 알았을 뿐이다.

남자 또한 자신의 실수를 어느 정도 인지를 하고 있었기에 그것을 한지혁이 정확히 말을 하자 입을 다물었다.

한지혁은 바로 고개를 돌려 첼로에게 말했다.

"첼로. 왜 소리를 내야 할 때 제대로 못 내는 거예요? 자신감이 부족한 건지, 아니면 그냥 소리를 못 내고 있는 건지 모르겠군요."

그는 거기서 멈추지 않았다.

'어떻게 하면 오케스트라가 더욱 더 단단해질 수 있을까?'

짧게 고민했지만, 단기간에 해결할 수 있는 방법은 거의 없었다.

그냥 모든 실수를 다 고칠 수 있도록 한지혁이 그들의 실수를 전부 지적해 주는 수밖에 없었다.

"제1 바이올린. 제발 자신감 있게 치고 들어와요. 설렁설렁 하겠다는 마음은 버리시고요. 그리고 2악장에서 공통적으로 실수하는 부분들이 있는데, 이건 혹시 여기서 실수해야겠다고 짜고 실수하는 거예요?"

날카롭게 날이 서 있는 목소리로 한지혁은 열여섯 명의 오케스트라에게 하나씩 그들의 실수를, 그리고 그들이 어떻게 개선해야 할지를 말해 주었다.

그냥 단순히 열심히 해 달라고 말을 해 봐야 나아지는 것이 거의 없음을 한지혁은 이미 깨달은 것이다.

'아니, 나아지기는 하겠지만…….'

당장 결승 무대 전까지 한지혁의 연주를 버티며 그가 오케스트라라는 틀 안에 들어가 완벽히 균형이 맞는 연주를 할 수 있도록 만들진 못한다.

어차피 그들은 틀을 만들고, 기계적인 연주를 하는 오케스트라였으니, 한지혁은 차라리 그것을 더욱 정교하게 만들어 주려고 하는 것이었다.

오케스트라와 함께 연습하기로 한 시간은 단 세 번의 연주와 한지혁의 지적으로 끝을 맺었다.

남은 연습 시간은 결승전 전날, 마지막 한 번밖에 없다.

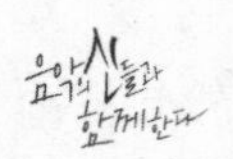

지적할 부분을 전부 지적한 한지혁은 자신이 할 것은 다 했다는 듯 어깨를 으쓱거리며 한 걸음 물러났다.

"……이 부분들만 고치면 됩니다."

한지혁이 그렇게 말했다.

오케스트라는 아무도 말을 하지 못하고 멍하니 한지혁을 바라보았다.

열여섯 명, 오케스트라치고 그리 큰 규모는 아니다.

하지만 그들의 실수를 전부 잡아서 말해 준다는 것은 사실상 불가능한 일이었다.

특히나 콩쿠르 참가자라면 자기 스스로 실수 없이 연주하기에도 바쁜데, 어떻게 남의 연주까지 들으며 그들의 실수를 정확히 잡아낼 수 있겠는가.

오케스트라는 놀랄 수밖에 없었다.

그리고 놀란 것은 그들뿐만이 아니었다.

'팝의 황제'가 황당하다는 듯한 눈빛으로 당신을 바라봅니다.

'들리지 않는 예술가'는 자신의 머리를 헝클어뜨리고는 복잡한 눈으로 당신을 바라봅니다.

'또 하나의 여왕'은 당신이 확실히 성장했다며 박수를 보냅니다.

음악의 신들이 말하는 것을 뒤로하고 한지혁은 오케스트라에게 마지막으로 인사를 한 후 몸을 돌렸다.

그렇게 시간은 흘렀다.

드디어 결승전의 아침이 밝았다.

이예현이 제노바로 떠나야겠다고 마음먹은 것은 바로 며칠 전이었다.

파가니니 국제 콩쿠르.

그곳에서 결승전에 어떤 인물들이 올라오는지 발표를 한 것이다.

그리고 그곳에는…….

"있다. 미쳤다."

한지혁, 그의 이름이 있었다.

현재 한지혁에 대한 특집 기사를 쓰고 있는 이예현이었고, 개인적으로는 한지혁의 팬인 그녀다.

가지 않을 수가 없었다.

기자로서의 이예현도 말하고 있었다.

이건 무조건 대박이라고.

그래서 그녀는 바로 자신의 사수인 김현비 기자에게 달려갔다.

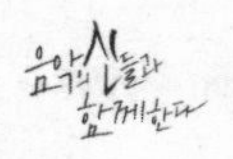

"선배. 이것 좀 봐 주세요."

"뭔데 그렇게 난리야?"

김현비는 미간을 찡그리며 헐레벌떡 달려오는 이예현을 보며 고개를 흔들었다.

하지만 이예현이 내미는 스마트폰 화면을 보고 난 후에는 그녀 또한 놀란 얼굴을 할 수밖에 없었다.

"결승 진출? 그럼 입상은 무조건 확정인 거네?"

"그렇죠. 우리나라 연예인 중에서 파가니니 국제 콩쿠르에 나가서 입상한 사람이 어디 있어요? 이거 무조건 따야 합니다."

"……오케이. 위쪽에는 내가 말할 테니까 걱정 말고 기다리고 있어."

김현비 또한 촉이 온 것인지 이예현의 말에 바로 고개를 끄덕거리며 말을 했다.

그리고 바로 다음 날, 이예현에게는 비행기표 하나가 전달되었다.

그녀는 곧장 인천 국제공항으로 향했다.

비행기를 기다리며 이예현은 설렘 가득한 웃음을 지었다.

우웅!

그녀의 스마트폰이 울렸다.

고개를 갸웃거리며 상대를 확인해 보니 김현비다.

“네, 선배.”

–응. 공항이야?

“넵. 비행기 기다리고 있습니다.”

–잘 다녀오고. 먼 길이니까 체력 관리도 잘해야 해. 인터뷰도 꼭 잘 따 오고. 그거 못 따면 너 거기 간 의미 없는 거 알지?

“아주 잘 알고 있어요. 인터뷰는 무조건 딸 거니까 걱정마세요.”

이예현이 주먹을 쥐면서 말했다.

김현비와 함께한 지도 이제 상당한 시간이 흘렀다.

그녀의 성향이 어떤지 잘 파악하고 있었다.

이미 김현비가 이예현을 제노바로 보내는 것은, 그녀가 인터뷰를 따 올 수 있다는 것을 믿기 때문이라는 것을 잘 안다.

이예현 스스로도 무조건 따내겠다는 생각을 가지고 있었고.

–그래, 나 회의 들어가 봐야 하니까 이만 끊는다. 잘 다녀와. 간 김에 슬쩍 관광도 하루 정도는 해 보고.”

“넵! 헤헤.”

김현비의 말에 이예현이 웃으며 답했다.

김현비와의 전화를 마무리한 이예현은 시간을 확인한 후 자리에서 일어났다.

이제 슬슬 비행기 시간이 다가오고 있었다.

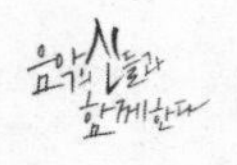

그녀의 머릿속에는 온통 한 남자의 이름밖에 없었다.

"한지혁 씨……."

'우승하고 인터뷰까지 해 주세요.'

그녀가 속으로 중얼거리며 걸음을 옮겼다.

그날은 아침부터 컨디션이 좋은 느낌이었다.

확실히 눈을 뜰 때부터 느낌이 상쾌했다.

긴장?

없었다.

할 수 있는 모든 것은 다 했다.

이제 더 이상 그가 손볼 수 있는 영역은 없었다.

모니카와도 두 번째 연습 때 좋은 호흡을 맞췄고, 오케스트라와도 어제 마지막으로 연습했다.

다행히 그들은 많이 노력하는 모습을 보여 주었다.

오케스트라의 연주가 전보다 훨씬 더 단단해진 것을 보고 들은 한지혁은 정말 크게 안심했다.

한지혁이 모든 부분을 짚어 주었음에도 불구하고 오케스트라가 결국 그것을 고쳐 오지 않으면 말짱 도루묵인 일이었는데, 다행히 그들은 적어도 자신들이 지적받은 부분들은 고치려 노력했다.

완벽하게 고쳐지거나 한 것은 아니었지만, 한지혁은 이 정도면 충분하다고 판단했다.

기본 이상을 해 주고 있다는 것만으로도 다행이라는 생각이 들었다.

"어제보다 조금만 더 잘하자."

한지혁은 그렇게 중얼거리며 침대에서 몸을 일으켰다.

그는 익숙하게 샤워실로 들어가 샤워부터 했다.

시원한 물로 몸을 씻고, 정신과 몸을 깨웠다.

차가운 물이 온몸을 감싸며 떨어졌다.

수건으로 머리를 털며 샤워실에서 나오는 한지혁의 입가에는 기분 좋은 미소가 맺혀 있었다.

그런 한지혁의 자신감 넘치는 모습을 보며 음악의 신들은 한마디씩 던졌다.

'들리지 않는 예술가'는 피식 웃으며 당신을 바라봅니다. 그는 당신이 자신을 닮은 것 같다고 말을 합니다.

'팝의 황제'는 공연 전에 쓸데없는 긴장은 할 필요가 없지만 적당한 긴장감은 도움이 된다고 조언해 줍니다.

'또 하나의 여왕'은 정신만 똑바로 차리고 한다면 무리 없이 좋은 연주를 이끌어 낼 수 있을 것이라고 말합니다.

그들이 말하는 것을 보며, 한지혁은 옷을 입었다.

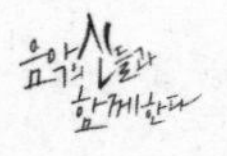

결승 무대가 있는 날이다.

그 말은 즉, 한지혁이 최대한 깔끔한 옷을 입고 가야 한다는 말이기도 했다.

연미복이라는 게 있다.

마에스트로나 연주자들을 위한 옷인데…… 한지혁은 그것을 입지는 않았다.

그저 검은 정장 바지에 하얀 와이셔츠를 입고, 그 위에 검은 양복 재킷을 걸쳤을 뿐이다.

그것만으로도 충분히 깔끔했다.

넥타이는 매지 않았다.

바이올린을 연주할 때 은근히 거슬리는 것이 타이였으니까.

아침 식사는 빵이었다.

내심 밥을 먹고 싶긴 했지만, 빵으로도 충분했기에 한지혁은 자리에 앉아 조심스럽게 빵을 먹기 시작했다.

평소에는 그냥 빠르게 입에 집어넣고 연습을 가는 그였지만, 오늘만큼은 달랐다.

조용하게 또 천천히 빵을 들어 입에 집어넣고는 음미하듯 꼭꼭 씹어 삼켰다.

대각선에 위치하고 있던 아리엘라가 눈에 들어왔다.

그녀는 언제나처럼 빵을 한입 크기로 잘라 입에 집어넣고 있었다.

그 모습이 사뭇 우아해 보였다.

뭐랄까, 그냥 손짓 몸짓 하나하나가 다 귀티가 나고 부티가 난달까?

귀하고 부하다는 것 자체가 한지혁과는 그리 친숙한 느낌은 아니었기에 그는 그런 것들을 크게 신경 쓰지는 않았다.

오히려…….

'어떤 연주를 준비했을까?'

한지혁은 스스로의 연습에 집중하느라 아리엘라의 음악이 어떤지 들을 여유는 없었다.

오케스트라와, 모니카와의 협연을 하면서 얻어 낸 힌트들을 해석하는 데에만 집중했으니까.

심지어 그는 틈틈이 6번째 곡을 작업하며 그 힌트들을 곡에 녹여 내려고 하기도 하지 않았던가.

그런 와중에 아리엘라까지 신경을 쓴다는 것은 힘든 일이었다.

이곳에 있는 결승 진출자들 중 한지혁이 유일하게 인정하는 이가 바로 아리엘라였다.

다른 진출자들은 사실 한지혁의 시점에서는 그리 대단해 보이지 않았다.

물론 그들의 바이올린도 참 좋다.

듣기 좋고, 잘 배웠다는 생각이 드는 바이올린이었으니까.

하지만 한계가 명확하게 보였다.

이곳에 있는 이들은 대부분 아리엘라를 뛰어넘을 수 없다.

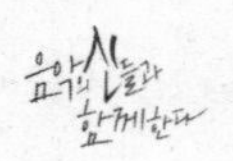

지금 가지고 있는 연주 능력이 바로 그들의 성장 한계치까지 끌어올린, 그들의 완성된 음악일 것이다.

그에 비해 아리엘라는?

'지금 당장의 연주도 장난 아니게 훌륭하지만…… 더 좋아질 수 있겠다는 생각이 항상 들지.'

들을 때마다 그런 생각이 든다.

'아, 너무 좋다. 근데 분명 저 연주자는 더 잘할 수 있을 것 같다.'

이런 생각.

그래서 한지혁도 그녀만 보면 기대감을 숨기지 못했다.

아리엘라를 가만히 바라보고 있는데, 그의 시선을 느낀 것인지 아리엘라 또한 고개를 돌려 한지혁을 바라보았다.

눈을 마주쳤다.

그녀는 싱긋 눈웃음을 보이며 한지혁에게 시선을 주었다.

누구도 먼저 눈을 피하지 않았다.

그저 본능적으로 동시에 고개를 돌리며 다시 식사에 집중했을 뿐이다.

식사를 마치고는 한 시간가량 여유가 있었다.

사실상, 남성 참가자들에게는 여유였지만 여성 참가자들에게는 마무리 준비를 할 시간이었다.

기본적으로 여성 참가자들이 더 준비 기간이 길었으니까.

기본적으로 드레스를 입는 것이 정장을 입는 것보다 시간이 오래 걸리는 일이기 때문에 그랬다.

무대에 입고 올라갈 드레스의 옷매무새를 다잡고 화장까지 마치려면 아무래도 그냥 정장만 입는 남성 참가자들에 비해서 준비 시간이 더 필요할 수밖에 없다.

주어진 한 시간의 여유.

한지혁은 그 시간에 아무것도 하지 않고 가만히 앉아 마인드 컨트롤을 했다.

눈을 감고 무대에 서 있는 자신을 떠올렸다.

그러고는 머릿속으로 자신이 연주할 곡을 반복해 나갔다.

어느 부분이 실수 가능성이 가장 높은지 판단하고, 특히 조심해야겠다고 생각되는 부분은 이미지트레이닝으로 다잡아 나갔다.

그는 자리에서 일어났다.

시간이 슬슬 다가오고 있었다.

오늘 무대에서 한지혁은 첫 번째 차례였다.

아리엘라는 반대로 일곱 번째 차례.

본선 진출 점수 역순으로 무대를 구성한 것 같았다.

무대의 바로 뒤에서 한지혁은 자신의 바이올린을 조심스럽게 들고 대기했다.

그리고 드디어…….

"지혁 한."

그의 이름이 불렸을 때, 한지혁은 망설임 없이 걸음을 옮졌다.

자, 무대 시작이다.

벤자민은 이번에 파가니니 국제 콩쿠르에서 참가자들과 협연을 하기로 한 쳄버 오케스트라의 일원 중 하나였다.

메인 바이올린, 그것도 솔리스트의 바로 옆에서 연주를 하는 역할인 그는, 사실 처음에 한지혁을 그리 대단하게 생각하지 않았다.

그리고 그의 그런 생각은 첫 번째 연습에서 바로 뒤집어졌다.

애초에 일곱 번째 결승 진출자가 좋은 성적은 내는 경우는 거의 없었으니 벤자민은 힘을 조절했다.

귀찮기도 하니까.

이번 연습에서 최선을 다하면 체력을 비축하기 힘들어질 테니 살살 하면서 설렁설렁 넘어갈 생각을 하고 있었던 것이다.

평소라면 벤자민의 가벼운 실수는 모두에게 덮여서 그냥 지나갈 수 있었을지도 모른다.

문제는 모두가 비슷한 생각을 하고 있었던 것.

그래도 연주자가 대충 넘어가겠지 하는 생각을 했다.

다시 한번 연주를 시도했을 때는 느낌이 조금 달랐다.

아차 하는 순간 한지혁의 연주에 벤자민의 연주가 잡아먹혀 버린 것이다.

그가 한지혁의 연주에 먹히니 오케스트라 전체가 무너져 버렸다.

그렇게 소음이 만들어졌다.

'아, 이건 좀…….'

스스로가 느끼기에도 심각한 연주였다.

벤자민은 조금이지만, 참가자에게 미안한 마음을 가졌다.

그런데 그 미안한 마음은 세 번째 연주를 끝내자마자 경악으로 바뀌었다.

—제1 바이올린. 제발 자신감 있게 치고 들어와요. 설렁설렁 하겠다는 마음은 버리시고요.

한지혁이 그렇게 말을 하는데, '아니, 자기 연주를 하면서 그런 것까지 체크를 했다고?'라는 생각을 하면서 조금 놀랐다.

조금 놀랐지만, 그래도 파가니니 국제 콩쿠르의 참가자니 이 정도 능력은 있을 수 있다고 생각했다.

하지만…….

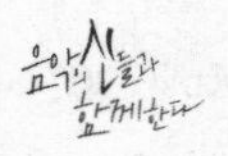

-그리고 2악장에서 공통적으로 실수하는 부분들이 있는데, 이건 혹시 여기서 실수해야겠다고 짜고 실수하는 거예요?

그렇게 말을 하며 자신들이 실수했던 부분을 전부 짚어 주는데, 벤자민은 고개를 들 수가 없었다.

한지혁이 지적해 준 부분은 전부 벤자민이 설렁설렁하면서 만들어 낸 실수였기 때문.

실수를 전부 말해 주는 한지혁을 보며 오기가 생겼다.

다른 사람은 몰라도 한지혁의 연주에는 밀리지 말아야겠다는…… 오케스트라의 단원이 솔리스트에게 가지기에는 조금 쓸데없는 오기.

'그래도…… 이번 무대에서만큼은 지지 않는다.'

한지혁도 말했다.

자신에게 밀릴 생각하지 말고 단단하게 대열을 유지하며 연주하라고.

벤자민은 그 말대로 연주할 생각이었다.

그러던 그는, 자신의 심장이 긴장과 기대감으로 강하게 뛰고 있다는 것을 느낄 수 있었다.

이곳에 참가한 다른 참가자들과 협연을 하는 것과는 확연히 다른 차이점이었다.

한지혁과 연주를 하는 것은…… 즐겁다.

'기대가 되는 거지.'

과연 어떤 음악이 나올까?

무대가 시작되었다.

한지혁은 무대에 올라 관객석을 돌아보았다.

관객석에는 수많은 사람들이 자리를 잡고 있었다.

확실히 결승전이라서 그런 것인지, 사람들이 평소보다 배는 더 많은 느낌이었다.

기자들인 것인지 카메라를 들고 있는 이들도 있었다.

한지혁은 숨을 고르게 들이켰다 내뱉으면서 조심스럽게 고개를 숙여 인사했다.

짝짝짝.

관객들이 박수로 한지혁을 맞았다.

한지혁은 슬쩍 자신과 이번 곡을 함께하는 모니카를 돌아보았다.

그녀는 피아노 앞에 앉아 이미 준비를 끝마친 상태였다.

한지혁은 자신 또한 바이올린을 들어 올려 자세를 잡고는 고개를 살짝 끄덕거리며 신호를 보냈다.

모니카가 웃으며 건반에 손을 얹었다.

시작은 피아노였다.

모니카는 가볍게 피아노를 치며 경쾌한 느낌을 살리기 위

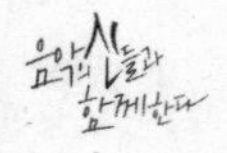

해 노력했다.

정확히 6초 동안 피아노 솔로만 이어졌다.

한지혁은 그 6초의 시간 동안 눈을 감고 감정을 잡았다.

연주는 그냥 만들어지는 것이 아니다.

적어도 한지혁이 생각하는 제대로 된 연주는, 단순히 음의 조합을 악기로 소리를 내는 것이 아니었다.

음 하나하나에 감정을 싣고 자신의 의지를 담아내는 것이 바로 한지혁이 생각하는 연주였다.

한지혁의 활이 부드럽게 움직이기 시작했다.

부드럽지만 결코 느리지는 않았다.

피아노와 마찬가지로 경쾌하면서도 날카로운 느낌의 바이올린이었다.

한지혁은 모니카와 호흡을 맞추며 연주를 하기 위해 노력했다.

모니카는 나쁘지 않은 협연자였다.

그녀는 애초에 기본 이상을 하기 위해서 노력하는 사람이었고, 한지혁의 연주에 최대한 맞춰 주려고 하는 마음을 가지고 있었다.

덕분에 한지혁도 큰 부담이 없이 연주를 해 나갈 수 있었다.

모니카의 연주 실력은 훌륭했다.

그녀는 확실한 틀을 가지고 있었다.

그것이 비록 아리엘라와 비교했을 때 조금 떨어지는 굳건

함이라고는 해도 한지혁에게는 모니카가 가지고 있는 틀이 큰 도움이 되었다.

틀이 무너지면 그저 소음이 되는 것처럼, 사실 감정도 격해진다면 그저 소음에 불과한 연주가 되어 버린다.

한지혁이 자신의 감정을 조절하며 적절한 연주를 이어 나갈 수 있도록 도와주는 것이 바로 모니카의 피아노였다.

물론 그녀의 피아노가 없다고 해도 한지혁은 충분히 좋은 연주를 해낼 수 있었겠지만.

적어도 지금 무대에서는 모니카의 연주를 한지혁이 완벽하게 이용하며 자신의 장점을 살리고 있다는 것은 부정할 수 없는 사실이었다.

한지혁의 미간이 좁혀졌다.

모니카의 연주와 자신의 연주가 서로 민감하게 반응하며 서로를 밀어 주는 듯한 기분이었다.

느낌이 좋다.

당장 자신의 연주도 괜찮았고 모니카의 연주도 좋았다.

그 두 개가 어우러지며 만들어 내는 소리도 굉장히 아름다웠다.

한지혁은 빠르게 활을 놀렸다.

지이잉!

그의 바이올린이 날카로운 소리를 만들어 내며 기교를 뽐냈다.

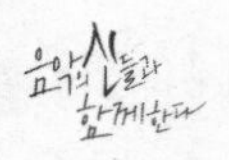

모니카의 연주가 통통 튀며 한지혁의 바이올린을 밀어내듯 띄워 올렸다.

정확히 한지혁의 바이올린이 부각되도록 만드는 연주였다.

모니카가 의도한 것이기도 했지만, 한지혁이 모니카가 그렇게 연주하도록 만든 것이기도 했다.

지잉.

마지막으로 바이올린이 강하게 울렸다.

그것을 끝으로 첫 번째 연주를 마친 한지혁은 숨을 깊게 들이켜며 바이올린을 내리고 고개를 숙였다.

짝짝짝.

박수가 또 한 번 흘러나왔다.

한지혁은 슬쩍 웃으며 몸을 돌려 무대 뒤로 걸음을 옮겼다.

그가 무대 뒤로 가자마자 뒤쪽에서는 바로 오케스트라가 나와 준비를 시작했다.

첫 번째 연주를 마쳤으니, 이제 두 번째 연주를 할 준비를 하는 것.

모니카와의 연주도 좋았지만, 사실 한지혁은 오케스트라와의 연주를 더욱 기대하고 있었다.

처음에는 정말 소음밖에 되지 않는 연주를 했던 오케스트라였지만, 마지막 연습 때에는 나쁘지 않은 모습을 보여 주었기 때문이다.

오케스트라가 준비를 하는 것을 잠시 지켜보던 한지혁은

그들이 준비를 다 끝냈다는 것을 확인하고 다시 무대로 올랐다.

인사를 한 후, 바이올린을 들어 올렸다.

긴장보다는 기대감이 강하게 그의 온몸을 휘감았다.

심장은 거칠게 고동쳤고, 손가락 끝은 어서 연주를 하라는 듯 움찔거리고 있었다.

'들리지 않는 예술가'가 당신이 어떤 연주를 들려줄지 기대가 된다며 자리를 잡고 앉았습니다.

'팝의 황제' 또한 '들리지 않는 예술가'의 옆에 앉아 집중합니다.

'또 하나의 여왕'은 하품을 하면서도 당신의 연주를 절대 놓치지 않겠다는 듯 눈을 부릅뜨며 바라봅니다.

음악의 신들이 일제히 메시지를 보냈다.

한지혁은 그것을 마지막으로 본 후 눈을 감았다.

오케스트라의 연주가 시작되었다.

첫 번째 소절이 다 끝나기도 전에, 한지혁은 오케스트라가 이번에야말로 제대로 연주하자고 마음먹었다는 것을 잘 알 수 있었다.

연습 때와는 전혀 다른 느낌의 연주였다.

마지막 연습 때의 연주가 기본은 하겠다는 느낌이었다면,

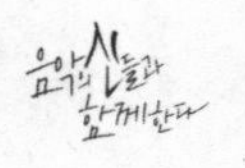

지금은 정말로 최선을 다해서 연주를 할 테니 네가 원하는 대로 어디 한번 해 보라는 느낌이다.

자신을 도발하는 듯한 오케스트라의 연주에, 한지혁은 즐거움을 겨우 억눌러야 했다.

완벽하게 틀이 잡힌, 형식을 중시하는 연주였다.

오케스트라는 전혀 흔들림 없이 하나의 악기처럼 연주를 해 나가고 있었다.

아주 단단한 연주다.

저 연주 사이에 자신의 바이올린 소리가 끼어들면 또 어떤 변화가 만들어질까.

그것을 기대하며, 한지혁은 활을 움직였다.

길고도 길었던 전주가 다 끝나 가기 시작했다.

이제 한지혁이 바이올린 솔로로 제대로 존재감을 드러낼 차례였다.

지이잉!

한지혁은 처음부터 자신의 존재감을 과시했다.

내가 여기 있다고 소리라도 치듯, 그는 강하게 몰아치는 연주를 보여 주었다.

그 모습에 오케스트라는 당황했다.

이미 그들은 두 번이나 한지혁과 함께 연습을 한 터였다.

그리고 그들은 적어도 자신들이 최선을 다한다면 전처럼 한지혁에게 잡아먹힌다거나 하는 일은 절대 없을 것이라고 자부하고 있었다.

한지혁에게 시위라도 하듯 어디 한번 제대로 연주해 보라는 심정으로 모두가 최선을 다해서 연주를 해 나가고 있는 것이었는데…….

'이건 진짜…… 장난이 아니잖아.'

한지혁과 가장 가까운 위치에서 바이올린을 연주하는 벤자민은 슬쩍 고개를 들어 한지혁을 바라보며 속으로 생각했다.

이건 너무하지 않은가!

사람이 이런 연주를 해낼 수 있다는 것 자체가 말이 되는 건가 싶을 정도로 완벽한 연주였다.

벤자민은, 자신이 잠시나마 한지혁을 이겨 보겠다는 생각을 했다는 것이 얼마나 허무맹랑한 생각이었는지 바로 알 수 있었다.

이런 연주를 펼치는 이를 어떻게 바이올린으로 이길 생각을 했을까?

'아니, 애초에 이런 사람이 왜 일곱 번째 진출자인 건데.'

벤자민이 속으로 생각을 하고는 황급히 다시 연주를 이어나갈 준비를 했다.

바이올린 독주 파트가 끝나고 이제 오케스트라가 합류해야할 부분이 다가오고 있었으니까.

지잉 지잉 지이잉!

한지혁의 바이올린이 무겁게 울리더니 이내 경쾌한 느낌

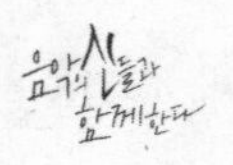

을 주며 강하게 울렸다.

그와 동시에 오케스트라가 합류한다.

콰앙! 폭발이라도 하듯 거대한 소리가 공명했다.

홀을 가득 메우는 한지혁의 바이올린과 오케스트라의 소리.

아마 이곳에 있는 모두가 정신을 제대로 차리지 못하고 있으리라.

그리고 제대로 정신을 차리지 못하고 있는 것은, 한지혁도 마찬가지였다.

자신의 연주에, 그리고 오케스트라의 연주에 빠져서 그는 헤어나지 못하고 있었다.

모든 신경 하나하나가 전부 바이올린에 가 있으면서도 오케스트라가 내고 있는 작은 소리 하나하나를 신경 쓰고 있었다.

모든 감각이 예민해지는 느낌이었다.

마치 바이올린 그 자체가 된 것 같은 짜릿한 감각.

오케스트라의 열여섯 개 악기가 내는 소리가 하나로 들리기도 하고, 또 동시에 열여섯 개로 들리기도 했다.

그 와중에 한지혁 본인의 바이올린 소리까지 뒤섞이고 있으니, 머릿속에서 폭죽이라도 터지는 것 같다.

한지혁은 연주를 하면서 자신의 불꽃과도 같은 연주를 다스리기 위해 노력했다.

그는 그것을 조심스럽게 오케스트라 안으로 가지고 들어

갔다.

한지혁은 오케스트라를 통째로 하나의 거대한 틀로 만들어 버리려고 하는 것이다.

그것을 가장 먼저 알아차린 이는.

'들리지 않는 예술가'가 경악하며 당신을 바라봅니다.

'여섯 현의 마법사'가 미간을 좁히며 과연 해낼 수 있을지 의심합니다.

당연스럽게도 음악의 신들이었다.

한지혁의 머릿속에서 수많은 계산들과 음표들이 스치고 지나갔다.

어떤 식으로 오케스트라와 하나가 되어야 자유로움과 형식의 균형을 완벽하게 맞춘 연주를 할 수 있게 될까?

한지혁은 활을 아주 조심스럽게 움직였다.

그는 자신의 불꽃과도 같은 연주를 해 나가면서도 활을 부드럽게 움직이며 천천히 오케스트라를 집어삼키기 위해 입을 벌렸다.

당연히 오케스트라가 한지혁에게 쉽게 잡아먹힐 리 없었다.

발악이라도 하듯 오케스트라는 더욱더 강하고 단단한 소리로 한지혁의 바이올린을 압박했다.

그런 오케스트라의 연주에 한지혁의 입꼬리가 올라갔다.

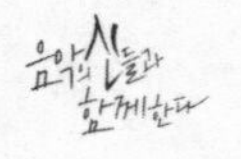

이런 연주는 언제나 환영이다.

아리엘라와 함께 연주를 했을 때보다 오히려 더 감각적으로 더 살아난 느낌이었다.

그때는 아무것도 모르는 상태로 연주를 한 것이지만, 지금은 어느 정도 힌트를 가지고 있는 상태.

즉, 자신이 어떤 연주를 펼쳐야 하는지 정도는 알고 연주하는 것이니까.

활과 현이 떨리며 소리를 만들어 냈다.

한지혁의 손가락은 현란하게 춤을 추며 오케스트라와 합을 맞췄다.

오케스트라는 단단한 소리를 내 주었지만, 한지혁은 그 틈을 파고들려 애썼다.

조금씩 오케스트라를 갉아먹듯 그들이 가지고 있는 틀을 집어삼킨다.

오케스트라의 연주를 무너트리는 것이 전혀 아니었다.

오히려 그 반대로, 오케스트라의 연주에 틈이 있을 때마다 한지혁의 불꽃과도 같은 연주가 그 틈을 메우는 것.

오케스트라는 아주 조금씩이지만 한지혁의 연주에 본능적으로 그가 자신들이 틈을 메우고, 그들이 만들어 낸 틀의 일부가 되는 것을 허용해 나갔다.

“아……!”

누군가의 입에서 탄식이 흘러나왔다.

작은 소리에도 예민한 이들이었지만, 아무도 그 탄식에 신경 쓰지 못했다.

그만큼 한지혁과 오케스트라가 들려주고 있는 연주가 강렬했다.

한지혁은 긴장을 늦추지 않았다.

오히려 전보다 더욱 강하게 자신의 존재감을 드러내며 감정을 발산시켰다.

무분별한 감정이 아니었다.

확실하게 틀을 가진, 제대로 된 형식을 갖춘 감정의 발산이다.

균형은 완벽하게 맞았다.

이것이 바로 환희다.

이게 바로, 완벽한 연주다.

자신의 인생에 지금의 연주보다 더 대단한 연주를 할 기회는 쉽게 찾아오지 않으리라.

한지혁은 손가락 끝에서부터 전율이 흐르는 것을 느낄 수 있었다.

그리고 그 순간…….

한지혁의 눈앞에 메시지가 떠올랐다.

'악마의 바이올리니스트'가 웃음을 터트립니다. 그가 손뼉을 치며 좋은 연주였다고 당신을 칭찬합니다.

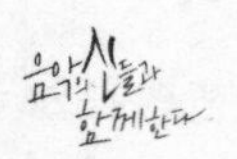

'악마의 바이올리니스트'가 당신과 평생 함께하겠다고 맹세합니다.

악마에게 영혼을 팔아 신이 된 바이올리니스트.

그가 한지혁과 함께하기 시작했다.

"……미쳤군."

베론이 중얼거렸다.

평소에 비속어를 잘 사용하지 않는 베론이었음에도 불구하고, 그는 망설임 없이 '미쳤다'는 표현을 사용했다.

그럴 수밖에 없는 연주였다.

연주는 분명 끝났는데, 감정은 아직도 출렁거리고 있었다.

사람의 감정을, 내면의 깊은 곳을 건드리는 연주였다.

베론이 처음 한지혁의 영상을 봤을 때 느꼈던 가능성.

그것이 완벽하게 실현되어 무대에 펼쳐진 것이다.

베론은 스스로가 살면서 이 이상 완벽한 연주를 들어 본 적이 없다고 확신할 수 있었다.

이미 낡아 버린 심장일 텐데, 그것이 지금은 거칠게 박동하고 있었다.

그는 눈을 감고 잠시 생각을 했다.

'한지혁…… 어디까지 올라갈 수 있을까?'

베론은 한지혁을 처음 보았을 때부터 파가니니 국제 콩쿠르에서 충분히 우승할 수 있을 실력이 있다고 생각하고 있었다.

하지만 그의 생각은 방금 한지혁의 무대를 보고 변했다.

한지혁은 단순히 파가니니 국제 콩쿠르에서 우승을 하는 정도로 그칠 만한 인재가 아니었다.

그는 그냥 말 그대로 천재다.

뭘 어떻게 설명할 수 없는, 그냥 천재.

한지혁의 연주가 말해 주고 있었다.

방금의 연주는 누가봐도 한지혁이 주인공이지 않았던가.

그는 일부러 연주로 자신의 존재감을 드러내고 있었다.

내가 여기 있다고, 그것을 소리치며 모두에게 한지혁이라는 존재를 각인시켰다.

그런 연주를 듣고 아무 생각이 없다면 심사 위원 실격이다.

"마에스트로 베론……."

옆에서, 누군가 말을 걸어온다.

심사 위원 중 하나인 데오란트.

그는 말 그대로 넋이 나간 얼굴이었다.

일곱 번째 결승 진출자, 한지혁.

정말 턱걸이로, 운이 좋아서 결승 무대에 서게 된 한지혁이다.

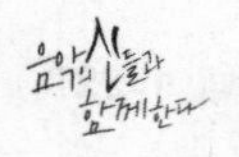

그런 그가 저런 연주를 보여 줄 줄은 아마 상상도 하지 못했을 거다.

그렇기에 그 당혹스러움과 의문을 베론을 통해 해결하려고 하는 것이다.

"데오란트."

"제가 방금 들은 건……."

"파가니니의 연주였네."

베론이 말한다.

그의 말에 데오란트는 입을 꾹 다물었다.

베론의 말에 그는 부정할 수 없었으니까.

하지만 파가니니의 연주라는 말에 묘한 얼굴로 입을 여는 이가 있었다.

사쿠히토 도쿠가와.

심사 위원들 중 유일한 아시아인.

그는 미간을 살짝 찡그리면서 베론을 돌아보았다.

"너무 자유분방한 느낌 아니었습니까?"

"……."

사쿠히토의 말에 데오란트는 아무런 말도 하지 않고 그를 바라보았다.

그런가 싶기도 했던 것.

애초에 한지혁의 연주는 기본적으로 자유로움과 세밀한 감정 묘사에 집중되어 있었다.

당연히 연주 속에서 자유로움이 느껴질 수밖에 없다.

"그래서…… 별로였나?"

베론이 사쿠히토를 바라보며 물었다.

사쿠히토는 잠시 대답을 망설였다.

하지만 그는 이내 미간을 찡긋거렸다.

"별로라고 말할 수는 없는 연주였지만, 콩쿠르에 그리 어울리는 연주는 아니었다고 생각합니다."

그의 말에 베론은 고개를 갸웃거렸다.

사쿠히토가 진정으로 그렇게 생각하는 것인지, 아니면 자존심 때문에 그렇게 말을 하는 것인지 헷갈려서.

콩쿠르에 어울리지 않는 연주였다고?

말이 되는 이야기를 해야 어느 정도 대화라도 나누지, 이건 무슨 말도 안 되는 억지란 말인가?

'자존심 때문에 그렇게 말을 하는 거면 정말 쓸데없는 자존심을 내세우는 거고, 그게 아니라 진심으로 그렇게 생각해서 말하는 거라면…….'

사쿠히토는 더 이상 클래식계에서 인정받지 못할 것이다.

베론은 속으로 생각했지만 그것을 바로 내뱉지는 않았다.

그때 또 다른 심사 위원이 대화에 끼어들었다.

"자유로움도 담겨 있지만, 동시에 형식과 틀도 확실하게 있는 연주였습니다. 둘 다 잘 살려서 저는 오히려 정말 완벽하다고 생각했어요."

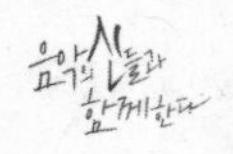

여성 심사 위원인 사카린이 그렇게 말을 한다.

그녀의 말에 사쿠히토는 입을 꾹 다물었다.

베론은 가만히 사쿠히토를 바라보았다.

"사쿠히토."

"네, 마에스트로 베론."

"심사에 개인 감정이 들어가면 안 된다는 건 충분히 인지하고 있을 거라 생각하네."

"개인 감정이 심사에 영향이 미치다뇨? 저는 한지혁 참가자에게 사적인 감정을 가지고 있지 않습니다."

사쿠히토가 말했다.

그의 말에 베론은 흐음, 하고 소리를 냈다.

"그럼 한번 말해 보게. 방금의 연주가 그렇게 자유분방하고, 이기적인 연주였던가?"

"제 바이올린을 걸고 그렇다고 말 할 수 있습니다."

사쿠히토는 자신의 개인 감정이 심사에 영향을 미치면 안 된다고 말한 베론에게 화가 난 것인지 굳은 얼굴로 그렇게 말했다.

자신의 바이올린을 건다는 것은 바이올리니스트에게는 굉장히 큰 의미를 가지고 있을 수밖에 없다.

평생을 함께한 것을 건다는 뜻이기도 했고, 단순히 그 가치만 따지더라도 상당한 금액이기도 했으니까.

베론은 사쿠히토가 바이올린까지 걸고 말할 수 있다고 하자 작게 한숨을 내쉬었다.

“사쿠히토 도쿠가와 심사 위원. 너무 흥분한 것 같은데, 조금 진정하고 생각해 보게.”

“…….”

“지금 자네가 어디에 있는지 한번 생각해 보는 게 좋을 것 같군. 사쿠히토, 자네는 지금 어디에 있는가?”

“그게 무슨……? 콩쿠르의 심사 위원 자격으로 심사 위원석에 앉아 있지 않습니까?”

“무슨 콩쿠르인데?”

“마에스트로, 저를 놀리실 생각이십니까?”

“진지하게 물어보는 것일세.”

베론은 무거운 목소리로 말했다.

그의 말투에 사쿠히토는 결국 순순히 답했다.

“파가니니 국제 콩쿠르죠.”

“그럼 자네가 아는 파가니니는 어떤 존재인가? 그의 연주는?”

베론의 말에, 그제야 사쿠히토는 그가 어떤 것을 의도하고 말을 했는지 알아차릴 수 있었다.

그렇기에 사쿠히토는 아무런 답도 할 수 없었다.

입을 다물고 있는 사쿠히토를 보며 베론이 마지막으로 말했다.

“방금의 연주는, 적어도 내가 아는 파가니니의 연주와 정확히 같았던 것 같은데, 아닌가?"

베론은 이내 고개를 돌려 자신의 앞에 있는 심사 용지를 바라보았다.

한지혁에게 어떤 점수를 줘야 할까?

고민은 짧았다.

그가 펜을 움직였다.

숨이 거칠었다.

한지혁은 주먹을 꽉 쥐고 싶은 것을 겨우 참으며 바이올린을 내렸다.

멍하니 자신을 바라보는 관객들이 눈에 들어왔다.

심사 위원들의 표정들도 하나하나 눈에 담은 뒤 한지혁은 허리를 숙여 인사했다.

그제서야 모두가 정신을 차리고 그에게 박수를 보냈다.

박수를 받는 그의 눈 앞에 메시지 창들이 떠올랐다.

'팝의 황제'는 말도 안 되는 연주였다며 당신에게 박수를 보냅니다. 확실한 성장이라며 그가 기뻐하고 있습니다.

'악마의 바이올리니스트'는 계속해서 웃음을 흘리며 신난 기색을 감추지 못하고 있습니다.

'들리지 않는 예술가'는 고개를 흔들며 당시의 연주는 환상적이었다고 말합니다.

음악의 신들의 인정이 담긴 메시지를 보며 한지혁은 활짝 웃었다.

도저히 웃음을 숨기지 못하겠다.

음악의 신들이 자신을 인정해 준 것도 기분이 좋았고, '악마의 바이올리니스트'가 드디어 자신과 함께하게 되었다는 사실도 기뻤다.

하지만 그 무엇보다.

'내가…… 해냈다.'

완벽하게 균형이 맞춰진 음악을 연주했다는 것.

그게 너무 기뻤다.

바이올린을 들고, 그는 무대를 내려갔다.

여운으로 인해 심장이 아직도 강하게 두근거리고 있었다.

그는 숨을 길게 내쉬고 들이켜는 것을 반복하며 바이올린을 정리했다.

약간의 답답한 느낌에 와이셔츠의 목 단추를 하나 풀고 있는데, 그런 그에게 누군가가 다가왔다.

"안녕하세요. 한지혁 씨."

낯선 땅에서 들린 한국어에 한지혁은 조금 놀라 눈을 크게 뜨며 몸을 돌렸다.

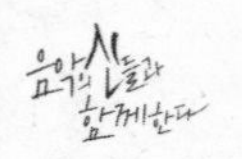

웬 여성이 서 있었다.

단정한 복장.

단순히 관광을 하러 온 것은 아닌 느낌이다.

"안녕하세요. 무슨 일이신가요?"

한지혁은 일단 웃으며 그녀의 인사를 받았다.

자신에게 볼일이 있는 것은 확실해 보였으니까.

"연주, 정말 너무 환상적이었습니다. 클래식에 딱히 관심이 많지는 않았는데, 한지혁 씨 연주를 듣고 반해 버렸어요."

"아, 클래식에요?"

"네, 앞으로 클래식에 정말 많은 관심을 가질 것 같네요."

그녀가 눈웃음을 지으며 말했다.

그녀는 조금 흥분한 듯한 느낌이었다.

한지혁은 가만히 그녀가 말을 이어 나갈 때까지 기다렸다.

그로서는 딱히 급할 것은 없었으니까.

이미 무대도 다 끝냈고, 바이올린도 정리했겠다, 원래는 조금 기다리면서 잠시 밖에 나가 식사를 하고는 다시 돌아와 아리엘라의 무대를 볼 생각이었다.

지금부터 아리엘라의 무대를 기다리면 몇 시간은 가만히 앉아서 기다려야 할 텐데, 그건 조금 힘든 일이니까.

"아, 제가 제 소개를 먼저 했어야 하는데……. 죄송합니다."

"아니에요. 뭘 죄송할 것까지야……."

한지혁이 웃으며 답했다.

그리고 그의 웃는 얼굴은, 바로 난처한 표정으로 바뀌어야 했다.

"One 소속 기자, 이예현입니다."

"아, 기자님이시구나."

연예인과 기자는 어쩔 수 없이 떼려야 뗄 수 없는 관계다.

연예부 기자는 결국 자신이 기사를 쓰기 위해서는 정보와 연예인들의 소식이 필요하고, 연예인들도 홍보와 자신들의 소식을 전하기 위해서는 기자들이 필요하다.

단순히 서로가 윈윈 관계라면 얼마나 좋겠냐마는, 사실 '기레기'라고 불리는 좋지 못한 기자들도 꽤 많은 편이었다.

그렇기에 한지혁은 기자라는 상대의 말에 조금 당황했다.

사실 그는 단순히 자신을 알아본 한국인 정도라고 생각 하고 있었던 것.

"여기, 제 명함입니다."

"넵."

기자와 친해져서 나쁠 것은 없다던 백경태의 말이 떠올라서 한지혁은 명함을 받았다.

그가 명함을 받자 이예현 기자는 조심스럽게 고개를 들어 한지혁을 바라보았다.

"저, 혹시…… 인터뷰 가능하실까요? 15분, 아니 10분이라도 괜찮으니까……."

이예현 기자의 인터뷰 요청에 한지혁은 잠시 고민했다.

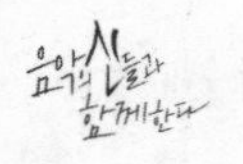

그는 볼을 잠시 긁적거리다가 이내 주머니에서 스마트폰을 꺼냈다.

“저, 잠시만 전화 좀 해도 괜찮을까요? 인터뷰를 제가 그냥 할 수 있는 건 아닌 것 같아서……. 회사랑 한번 이야기해 볼게요.”

“아, 네, 물론이죠! 제가 기사 진짜 좋게 잘 써 드릴 수 있습니다.”

그녀는 고개를 끄덕거리면서도 잘 말해달라는 눈빛으로 말을 덧붙였다.

한지혁이 미소를 보이고는 고개를 살짝 숙여 인사한 후 백경태에게 전화를 걸었다.

–어, 지혁아. 어떻게 됐어?

“나쁘지 않게 연주한 것 같아. 형, 그건 그렇고 어떤 기자님이 와서 인터뷰를 요청하는데…….”

–기자? 외신?

“아니, 한국분이셔. 그 뭐, 이예현이라는 분이신데 One에서 일하신다더라.”

한지혁이 명함을 슬쩍 보면서 말했다.

백경태가 잠시 기억을 더듬는 것인지 으음 하고 소리를 내는 것이 들려왔다.

–아, 그분? 지금 너 관련 특집 기사 준비 중이실거야. 너에 대해서 기사 상당히 잘 써 주시는 분이시니까 인터뷰해도 좋을

것 같은데?"

백경태의 말에 한지혁은 고개를 끄덕였다.

"알았어. 그럼 할게. 빨리 와. 나 기다리고 있을 테니까."

한지혁은 그렇게 전화를 마무리하고는 이예현이 있는 곳으로 향했다.

"어떻게…… 됐나요?"

"인터뷰해도 괜찮다고 하네요."

그의 말에 이예현이 활짝 웃었다.

대한민국을 들썩이게 할 인터뷰가 시작되었다.

홀 근처의 카페.

한지혁과 이예현이 마주 앉았다.

"어…… 일단 이렇게 인터뷰 요청에 응해 주셔서 정말 감사합니다. 제노아까지 날아왔는데 인터뷰를 거절당하면 어쩌나 싶어 내심 걱정하고 있었거든요."

이예현이 안심이라는 듯 웃음을 보이며 말했다.

한지혁은 그저 가벼운 미소만 지어 보였을 뿐이었다.

어떠한 답을 해야 할지 모르겠다.

그의 입장에서는 말 한마디 잘못했다가는 한국에서 여기까지 날아온 기자의 수고를 전부 아무것도 아니게 만들 수도

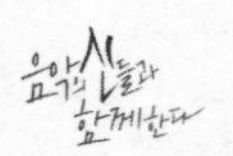

있는 거니까.

"다행이네요. 할 수 있게 되어서요."

"어휴, 진짜 너무 감사하죠."

이예현은 그렇게 말을 하면서 품에서 주섬주섬 무언가를 꺼냈다.

노트와 그녀의 스마트폰.

그녀는 그것의 녹음 기능을 켠 후 테이블에 올려놓았다.

노트를 들고는 한지혁을 바라보는 그녀.

"시작해도 될까요?"

"네, 하셔도 될 것 같아요."

인터뷰 경험이 많지는 않지만, 그래도 다년간의 연예계 경험을 했던 한지혁이다.

이런 것으로 긴장을 하거나 하는 편은 아니었다.

"가장 먼저…… 한국에서는 굉장히 먼 제노아까지 오셔서 머무르고 계신 이유가 파가니니 국제 콩쿠르 때문인 게 맞는 거죠?"

"네, 그렇죠."

한지혁은 부정하지 않았다.

애초에 여기서 부정해 봐야 어차피 소용이 없었다.

이미 이예현은 한지혁이 파가니니 국제 콩쿠르의 무대에서 연주하는 모습을 본 상황이었으니까.

'굳이 숨길 이유도 전혀 없고.'

느낌이 좋았다.

아리엘라의 연주가 어떻느냐에 따라 우승이 갈릴 것 같았다.

한지혁으로서는 최선을 다했으니 결과가 어떻든 후회는 없을 것 같았다.

"사실 지금껏 한국에서 가수 활동을 하시면서 파가니니 국제 콩쿠르에 나오신 분이 단 한 분도 계시지 않았거든요."

"아, 그럴 수 있죠. 사실 파가니니 국제 콩쿠르가 그리 쉽게 나올 수 있는 곳은 아니니까요. 그러니까…… 마음먹기가요."

한지혁이 담담하게 답했다.

사실 그 또한 파가니니의 제안이 아니었다면 전혀 상상하지 못했을 일이다.

파가니니 국제 콩쿠르에 참가한다는 것은 그리 쉬운 일이 아니다.

게다가 우승이라는 작은 가능성을 염두해 두고 모든 것을 때려치우고 제노아까지 올 수 있는 사람은 그렇게 많지 않으니까.

특히 연예계에서 일하는 사람이라면 더더욱 그럴 것이다.

애초에 거기에다가 연예계에 있는 이들 중 바이올린이 파가니니 국제 콩쿠르에 나올 만한 수준인 경우가 그리 많지는 않을 테니까.

"대한민국 최초……인 건데, 기분이 어떠세요?"

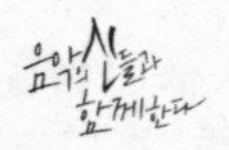

“딱히 특별하거나 하지는 않습니다. 그냥 제가 원해서 나온 거니까요. 다른 분들이 그림을 그려서 전시회를 여시거나 하는 것처럼, 저도 그냥 제가 하고 싶은 바이올린을 한다고 받아들여 주시면 될 것 같습니다.”

“아아, 어떻게 보면 그게 또 그렇게 되네요. 그림 활동을 하거나 심지어 작가로서 활동하시는 배우분이나 가수분 들도 있으니까요.”

“그렇죠.”

한지혁은 차분히 고개를 끄덕거리며 답했다.

그의 말에 그런 생각은 못해 봤다는 듯 흥미롭게 반응한 이예현은 갑자기 뭔가 떠올랐는지 노트에 메모를 하고는 다시 질문을 던졌다.

“마지막 무대까지 하시고 난 상황인데요. 어떠신가요? 기분이라든지, 우승할 것 같다든지 뭐, 이런 느낌은 안 드시나요?”

이예현이 물어 왔다.

그녀의 질문에 한지혁은 잠시 고민을 해야 했다.

어떤 기분이냐고?

딱히 고민할 필요도 없긴 했다.

“시원섭섭해요. 무대에서 정말 잘한 것 같아서 딱히 아쉬움은 없는데, 이제 끝났다는 느낌이 섭섭하기도 하고, 드디어 끝났다는 느낌에 시원하기도 하고요.”

"우승은요?"

한지혁의 답에 이예현은 기대어린 눈빛으로 재차 물었다.

그녀의 눈빛을 본 한지혁은 피식 웃음을 흘릴 수밖에 없었다.

뭔가 자신의 우승을 바라는 느낌이었기에.

"글쎄요. 그건 제가 심사하는 게 아니라서 잘 모르겠지만……. 저는 이미 제 목적을 달성해서 우승을 하면 좋고, 못해도 괜찮을 것 같아요."

애초에 파가니니와 함께하기 위해서 이곳에 온 것 아닌가.

아직 파가니니가 생전에 사용하던 바이올린을 연주해 보지는 못했지만, 이미 '악마의 바이올리니스트'는 한지혁과 함께하기로 했다.

즉, 그로서는 목적을 이룬 것이었다.

뭐, 우승을 하게 되면 흔히 대포라고 불리는 '과르네리 캐논'을 들고 연주할 수 있으니 우승을 한다면야 좋겠지만 그렇다고 우승에 목매고 있지는 않았다.

솔직한 심정으로는 한지혁 본인이 우승을 하는 것도 좋지만 아리엘라가 우승을 해서 '과르네리 캐논'을 연주하는 것을 듣고 싶기도 했다.

한지혁의 교과서적인 답에 이예현은 조금 아쉬운 기색을 보였다.

그녀는 한지혁에게서 우승에 대한 단서를 찾을 수 없다는

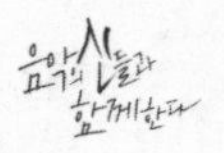

것을 깨달았다.

'이미 인터뷰에서 뽑아야 할 분량은 대충 뽑았으니까…… 내가 하고 싶은 질문 하나 정도는 더 해도 되겠지.'

기자로서도 궁금했지만, 개인적으로도 굉장히 궁금한 질문.

이예현이 입을 열었다.

"혹시 실례가 안 된다면 바이올린을 시작하게 된 계기가 뭔지 알 수 있을까요? 뭐, 특별한 계기가 없다면 이유라도요."

그녀의 질문에 한지혁은 볼을 긁적거렸다.

이 질문에 어떻게 답을 해야 할지 조금 고민이 된다.

'바이올린을 시작하게 된 계기?'

딱히 대단할 것은 없었다.

새로운 음악 장르를 찾고 있었고, 그때 마침 클래식 연주회를 들으러 가서 바이올린에게 반한 것뿐.

그래도 굳이 뭔가 이유를 찾으라고 한다면…….

"글쎄요, 굳이 말하자면, 최고가 되고 싶어서……?"

한지혁은 장난스러운 미소와 함께 그렇게 답을 했다.

그의 질문에 이예현은 눈을 깜빡거렸다.

'바이올린으로 최고가 되고 싶다는 의미인 건가요? 아니면…….'

그러나 그녀는 그 질문은 하지 못하고 삼켜야 했다.

인터뷰는 그렇게 마무리되었다.

한지혁은 이예현과 인터뷰를 마무리한 후, 식사를 위해 이동했다.

이예현의 목적은 한지혁의 인터뷰였기 때문에 그녀도 딱히 할 일이 없어 보여서 함께 식사하기로 했다.

딱히 대단한 것을 먹은 건 아니었다.

그냥 간단하게 햄버거를 하나씩 먹고 배를 채운 후 다시 홀로 돌아갔다.

어느덧 다섯 번째 무대가 시작되고 있었다.

한지혁은 조용히 무대를 지켜보면서 그들의 연주를 감상했다.

다섯 번째 무대와 여섯 번째 무대를 보면서 한지혁은 확신했다.

이전까지의 무대도 다 이 정도 수준이었다면, 아마 우승은 결국 자신이나 아리엘라 둘 중 하나가 하게 될 것이라는 걸.

그리고 드디어 일곱 번째 무대.

아리엘라가 조심스럽게 무대로 올라왔다.

한지혁은 긴장된 눈빛으로 그녀를 바라보았다.

오히려 한지혁 본인의 무대를 하기 직전에도 이렇게까지 긴장되지는 않았던 것 같은데 아리엘라가 무대에 올라오니 저절로 긴장이 되었다.

아리엘라가 고개를 살짝 숙이며 인사를 했다.

한지혁은 손을 들어 그녀에게 박수를 보내 주었다.

아리엘라가 자신의 활을 움직이기 시작했다.

피아노와 동시에 시작된 연주.

조용히 울리는 그녀의 바이올린은 항상 그랬듯 교과서적인 연주였다.

형식은 완벽하게 맞아떨어지고, 틀 또한 단단하게 만들어져 있다.

안정감.

그녀의 연주를 들을 때는 그런 것이 느껴졌다.

확실히 아리엘라가 다른 이들보다 월등히 연주를 잘한다는 것을 한지혁은 다시 한번 깨달을 수 있었다.

어설프게 안정감을 주는 다른 참가자들과는 전혀 다르게, 그녀는 말 그대로 상대방으로 하여금 편안해지는 안정감을 주는 연주를 펼쳐 내고 있었으니까.

뭔가 간질간질하니 터질 것 같은 느낌이 슬슬 올라오고 있었는데 연주가 끝났다.

그렇게 피아노와의 합주가 끝난 뒤..

인사를 한 후 무대를 내려간 아리엘라는 오케스트라가 다 준비되고 나서야 다시 모습을 드러냈다.

그녀는 무대에 올라와 다시 한번 연주를 시작했다.

오케스트라와 함께하는 연주.

신기했다.

한지혁과는 전혀 다른 스타일로 섞여 들어가고 있었으니까.

아니, 애초에 그녀는 마치 오케스트라와 함께였던 것처럼 자연스럽게 오케스트라를 리드하듯 연주해 나가고 있었다.

오케스트라의 단단함과 아리엘라의 단단함이 만나니 그것에서부터 오는 매력이 배가되는 느낌.

한지혁은 뭔가 아슬아슬하게 터질 것 같은 느낌을 받았다.

분명 아리엘라의 연주는 여기서 멈추지 않을 것 같다는 느낌.

그리고…….

움찔.

한지혁은 자신의 주먹을 꽉 쥐며 몸을 떨었다.

그 순간 아리엘라의 연주가 조금 바뀌었다.

딱딱하고 형식적인 틀과도 같던 그녀의 연주가, 순간 꿈틀거리며 그 틀 안에 있던 무언가가 미세하지만 모습을 드러내었던 것이다.

그것은 거대한 욕망이었다.

더 잘하고 싶다.

더 좋은 연주를 들려주고 싶다.

나 자신을 드러내고 싶다.

하지만 그녀는 그것을 억눌렀다.

또 한 번 형식적인 틀이 생겨 아리엘라의 본질을 감추어 버렸다.

한지혁은 아쉬움을 감추지 못했다.

'들리지 않는 예술가'가 안타까운 눈으로 상대를 바라봅니다.

'악마의 바이올리니스트'가 상대를 가리켜 천사와 같은 연주를 한다고 말합니다.

음악의 신들 또한 약간의 아쉬움과 안타까움을 표했다.

그것으로 아리엘라의 연주는 끝이었다.

정말 환상적이고, 좋은 연주였지만…….

중간에 아리엘라 자신이 드러나던 것을 억눌렀다는 사실이 안타까웠다.

콩쿠르 결과가 어떻게 나올지는 모르겠지만, 한지혁은 그녀가 만약 거기서 스스로를 드러내었다면 훨씬 더 좋은 연주를 보여 줄 수 있었을 것이라고 확신하고 있었다.

아리엘라는 그것을 아는지 모르는지, 연주를 끝낸 후 혼란스러운 눈빛을 해 보이고 있었다.

한지혁이 손을 들어 그녀에게 박수를 보냈다.

방금의 연주도 충분히 좋은 연주였으니까.

다른 참가자들에 비한다면 훨씬 잘한 연주였다.

한지혁은 힐끗 심사 위원들이 있는 쪽으로 시선을 돌렸다.

심사 위원들의 표정은 제각각이었다.
과연 어떤 점수를 줄지, 그리고 우승자는 누가 될지.
너무나도 궁금했다.

최수진.
그녀는 올해 21살의 대학생으로 음악대학에서 바이올린을 전공으로 공부하고 있다.
그녀는 그날도 항상 그랬듯, 아침에 일어나 곡물 바 하나를 먹은 후 조깅을 했다.
조깅 이후에는 간단한 식사, 그리고 바이올린을 들고 연습실로 향했다.
연습실에 도착한 시간은 오전 8시.
바이올린을 의자에 올려 두고 그녀는 보면대를 세팅했다.
악보를 꺼내 오늘 연습할 곡을 찾아 펼친 후 그녀는 하품을 했다.
"흐아암! 아, 그나저나 진짜 지혁 오빠는 제노아에 왜 간 거지?"
올해로 21살, 바이올린 전공생 최수진.
그녀는 그리 특별할 것도 없는 취미를 가지고 있었다.
덕질.

최근 그녀가 빠진 연예인은 한지혁이다.

그를 제노아에서 보았다는 목격담이 많아서 최수진의 관심은 온통 제노아에 쏠려 있었다.

하품을 해서 그런지 눈가가 촉촉해졌다.

눈을 두어 번 껌뻑거린 최수진은 주머니에서 스마트폰을 꺼내 검색 창에 한지혁을 검색했다.

그리고 그녀는 그대로 얼어붙었다.

단 몇 분 전에 올라온 기사가 하나 눈에 들어온다.

제목은.

파가니니 국제 콩쿠르에서 우승을 한 한지혁, 그는 도대체 누구인가.

chapter. 5

"우승이라……. 이것 참."

조진욱 대표가 황당하다는 듯 자신의 머리를 긁적거렸다.

더 이상 말도 나오지 않는 상황이었다.

제노아로 가겠다고 했을 때 조진욱은 그를 말리지는 않기로 결정했다.

이하균 팀장도 한지혁을 걱정하기는 했으나 기왕 결정된 것, 그냥 한지혁이 하고 싶은 대로 내버려 두자는 생각을 하고 있었고.

그는 당연히 한지혁이 금방 콩쿠르에서 탈락해 다음 앨범 준비에 매진할 것이라고 생각했다.

오산이었다.

하루 이틀, 사흘…… 시간이 지나도 한지혁은 오지 않았다.

떨어졌다는 소식이 들리지도 않았다.

한지혁은 그저 조용히 제노아에서 시간을 보냈다.

그리고 그 긴긴 기다림 끝에 온 소식은, 우승.

'이게 말이 되는 건가?'

확률적으로 따져 봤다.

과연 이런 상황이 말이 되는 상황인지를.

데뷔 앨범부터 엄청난 성적을 기록했고, 할리우드에서 감독이 직접 찾아와 음악적인 자문을 받고 싶다고 해서 영화 OST 작업을 한 데다가, 킬러퀸과의 작업까지 했다.

그리고 그 영화는 이미 1천만 관객을 돌파해 올해 영화 중 세손가락 안에 드는 것이 거의 확정되어 있는 상황이다.

신인 가수가 당차게 〈무모한 도전〉 가요제에 참가해 우승을 거머쥐더니, 이제는 파가니니 국제 콩쿠르에 나가서 우승까지 해 버렸다.

클래식계에서 벌써부터 민감하게 반응하며 엄청나게 떠들어 대고 있다고 한다.

실제로 JK 엔터테인먼트에서 확보한 자료들만 가지고 보아도 외신들이 한지혁을 얼마나 크게 다루고 있는지는 바로 알 수 있었다.

그들도 이미 한지혁이 킬러퀸과 작업을 함께한 사람이라는 것을 잘 알고 있는 것이다.

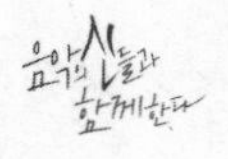

킬러퀸의 앨범에 참여한 아티스트라는 이름에서 오는 묵직한 존재감.

거기에 파가니니 국제 콩쿠르 우승이라는 사실까지 더해져서 한지혁은 이미 커다란 돌풍을 만들어 내는 중이었다.

"아무리 생각해도 한지혁 씨는……."

"인간이 아니야."

조진욱 대표가 툭 하고 말을 내뱉었다.

이하균 팀장이 입을 다물었다.

인간이 아니다.

어쩌면 이 표현이 정말로 맞는 표현이지 않을까 싶었다.

사람이 어떻게 이렇게 많은 일을 해낼 수 있단 말인가.

적어도 모자란 부분이 하나 정도 있어야 하는 거 아닌가?

"이런 사람이 우리 회사에 굴러들어온 건 정말…… 뭐, 말도 안 되는 복이야."

조진욱이 그렇게 말을 하며 고개를 흔들었다.

그의 머리는 빠르게 돌아가고 있었다.

사실상 파가니니 국제 콩쿠르에서 우승을 해 버렸다면 한지혁은 이미 JK에서 더 이상 컨트롤할 수 있는 상대가 아니었다.

곧 국내 클래식계에서도 연락이 올 것이다.

이미 할리우드 쪽에서는 몇 번 같이 작업했으면 좋겠다며 러브콜을 보낸 온 상황이다.

JK 엔터테인먼트 또한 국내 기획사들 중에서는 한 손에 꼽히는 규모이고, 여러 경험도 많으니 케어야 충분히 가능하겠지만…….

"우리가 할 수 있는 게 딱 한지혁 씨가 활동하는 데에 불편함이 없게 하는 거, 그것밖에 없어. 알지?"

"잘 알고 있습니다. 이미 한지혁 씨는 저희가 키우는 아티스트라고 말할 수 있는 상황이 아니니까요."

"애초에 계약 조건도 다른 신인들보다 훨씬 좋긴 하지만……. 이런 상황이 되어 버리면 재계약 때는 도대체 어떤 조건을 내밀어야 할지 감도 안 오는군."

조진욱은 그렇게 말을 하며 자리에서 일어났다.

이하균 팀장은 뒤로 살짝 물러났다.

"개인적인 케어는 백 매니저가 잘하고 있는 것 같으니 크게 신경 쓸 필요는 없겠지만……. 회사 차원에서 뭐라도 해야 할 것 같긴 합니다."

그가 조심스럽게 자신의 의견을 말했다.

결국 엔터테인먼트 사업이라는 것은 사람을 가지고 사업을 하는 일이다.

혹시나 조금이라도 서운하게 해서 한지혁의 마음이 JK에서 떠난다면 답이 없었다.

사실상 한지혁이 다른 곳에 가더라도 그들로서는 그를 막을 수 있는 방법도 없으니까.

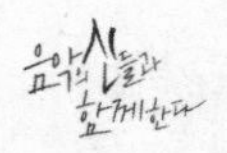

계약 기간은 이제 그리 많이 남지 않은 상황이다.

고작해야 앨범 한두 개 더 내면 끝일 텐데, 당연히 JK 입장에서는 재계약하는 것이 제일 원하는 결과일 것이다.

가만히 있어도 순식간에 몸을 불리는 엄청난 재능을 가진 한지혁을 놓친다는 것은 말도 안 되는 일이니까.

“이번에 배우 팀에서도 좋은 배우가 나왔고, 가수 팀에서도 좋은 가수가 나왔어.”

“배우 팀 이야기는 정태관 팀장에게 듣기는 했습니다.”

“다섯 손가락 안에 드는 기획사가 아니라, 대한민국 최고, 나아가서 세계에서도 손에 꼽히는 기획사가 될 수도 있는 기회인데 이걸 그대로 놓칠 수는 없지.”

그런 조진욱 대표의 말에 이하균 팀장은 그가 조금이지만 흥분하고 있다는 사실을 알아차릴 수 있었다.

평소의 조진욱 대표보다 훨씬 더 말이 많다.

“언론 담당 좀 해.”

“알겠습니다.”

이하균 팀장은 바로 고개를 숙이며 답했다.

오늘 아침에 기사가 떴으니, 국내 언론은 오늘부터 들썩거리기 시작할 것이다.

그것을 조금이나마 더 좋은 방향으로 유도하는 것이 이하균 팀장의 몫이다.

“나는…… 판 좀 깔아 놔야겠다.”

조진욱 대표도 그 나름대로의 준비를 시작했다.

"무슨 이렇게까지 경비가 삼엄하냐?"

백경태가 주변을 살피며 말했다.

한지혁은 그런 그를 힐끗 보았다가 피식 웃음을 흘렸다.

"그러니까 형은 들어올 생각하지 말고 여기서 가만히 기다리고 있어. 잘 다녀올 테니까."

그가 백경태의 어깨를 툭 건드리며 말했다.

"알았어. 난 거리 구경이나 하고 있을 테니까 끝나면 전화해."

"응."

한지혁이 고개를 끄덕거리며 다했다.

경호원들의 안내를 따라 한지혁과 나머지 여섯 명의 파가니니 국제 콩쿠르 참가자들이 걸음을 옮겼다.

참가자들과 같은 수의 경호원들이 함께 움직이고 있었다.

제노아 시청, 그곳의 가장 중심부.

거기에는 파가니니가 생전에 사용하던 바이올린인 과르네리 캐논이 보관되어 있다.

바이올린의 사방은 유리로 막혀 있었고, 유리 내부는 철저하게 바이올린에게 맞춰진 환경으로 구성되어 있다.

건물 한 채를 살 수 있을 정도의 가격을 가진 바이올린이니만큼 모든 것이 바이올린에게 맞춰져 있는 것이다.

한지혁은 물론이고, 다른 참가자들도 과르네리를 보고 정신을 차리지 못하고 있었다.

다들 넋을 놓은 채 바라보고 있다.

'악마의 바이올리니스트'가 아련한 눈빛으로 바이올린을 바라봅니다. 그는 인상을 찡긋거리더니 이내 몸을 돌립니다.

'들리지 않는 예술가'는 '악마의 바이올리니스트'를 보고 키득거립니다.

'거리 위의 천사'가 몽롱한 눈으로 바이올린을 바라보며 손을 뻗지만 '악마의 바이올리니스트'가 그것을 제지합니다.

음악의 신들의 대화를 대충 넘기며 한지혁은 꼼꼼하게 과르네리를 살펴보았다.

그런 그의 옆으로 아리엘라가 다가왔다.

"축하해요."

"감사합니다. 아리엘라도 준우승 축하해요."

"아쉽네요. 과르네리를 연주해 보고 싶었는데."

아리엘라가 살며시 웃으며 말한다.

그녀의 웃음에 한지혁은 볼을 긁적거렸다.

한지혁이 우승을 함으로써 아리엘라가 과르네리를 연주하지 못하게 된 것이니까.

"그래도 기대는 돼요. 한, 당신이 연주할 과르네리는 과연 어떤 느낌일지가요. 파가니니 국제 콩쿠르잖아요. 결승 무대 때 당신의 연주는 누가 봐도 파가니니의 연주 그 자체였어요."

"저희 점수 차도 거의 안 나는데 너무 띄워 주시는 거 아니에요?"

한지혁이 아리엘라를 바라보며 말했다.

실제로 한지혁과 아리엘라의 점수 차는 거의 없었다.

한지혁은 평균 점수 9.6점, 아리엘라는 9.4점으로 고작 0.2점 차이밖에 나지 않은 것이다.

하지만 아리엘라는 피식 웃었다.

"아, 멍청한 심사 위원이 하나 있었죠. 혼자 7점을 준 사람."

"……."

아리엘라의 말에 한지혁은 아무런 말도 할 수 없었다.

그녀가 이런 말을 하는 것도 처음 들었고, 이렇게까지 차가운 얼굴도 처음 봤으니까.

한지혁은 일곱 명의 심사 위원에게 만점인 10점을 받았다.

그리고 마지막 한 명의 심사 위원인 도쿠가와에게 7점을 받아 평균 점수 9.6점이 된 것.

다른 참가자들이 도쿠가와에게 평균적으로 8점 후반대를 것을 생각해 본다면 말도 안 되는 점수였다.

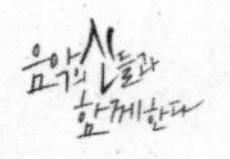

아리엘라도 그것을 잘 알고 있었고, 그녀는 다른 심사 위원들과 마찬가지로 도쿠가와를 진정으로 심사 위원 자격이 있다고 인정하지 않고 있었다.

하지만 도쿠가와가 한지혁에게 7점이라는 낮은 점수를 주었다고 해도 결국 우승은 한지혁이 차지했다.

아리엘라는 만약 도쿠가와가 한지혁에게 정상적인 점수를 주었다면 한지혁과 자신의 점수 차는 상당했을 거라고 생각했다.

그녀는 자신의 연주를 잘 알았고, 한지혁의 연주 또한 알았다.

아리엘라의 연주는 한계가 명확하다.

그에 비해 한지혁의 연주는 한계가 없다.

"부럽네요. 그런 연주를 할 수 있다는 게."

그녀가 말했다.

한지혁은 고개를 돌려 과르네리를 바라보면서 조용히 입을 열었다.

"아리엘라도 할 수 있잖아요."

"제가요? 설마요."

아리엘라가 고개를 흔들며 부정했다.

한지혁은 과르네리를 가만히 바라보고만 있었다.

계속해서 부정하며 말을 하려던 아리엘라는 그런 한지혁의 모습에 입을 다물었다.

그제야 한지혁이 말을 이었다.

"결승 무대에서 분명 할 수 있었는데 참았잖아요. 아리엘라는 분명 한계를 깰 수 있었는데……. 왜 다시 그걸 닫아 버린 건지 저는 이해가 가지 않네요."

한지혁이 덤덤한 목소리로 말을 했다.

거기까지만 말을 한 그는 더 이상 파고들 생각은 없다는 듯 어깨를 으쓱거렸다.

"그냥…… 그렇다고요."

그가 웃으며 말을 했다.

아리엘라는 아무런 답도 하지 못했다.

그런 그녀를 뒤로하고, 한지혁은 걸음을 옮겼다.

경호원 중 하나가 그를 불렀기 때문.

안내를 받아 잠시 일행과 떨어졌는데, 그곳에는 익숙한 얼굴이 있었다.

"마에스트로 베론."

한지혁이 살짝 고개를 숙이며 인사했다.

베론이 웃음을 보이며 손을 내밀었다.

그것을 보고 한지혁은 빠르게 손을 내밀어 베론과 악수했다.

"제 연주에 최고점을 주신 거, 정말 감사합니다."

"저야말로 고맙군요. 한, 당신의 연주는 최고였습니다. 그런 연주를 들려줘서 정말 고마워요."

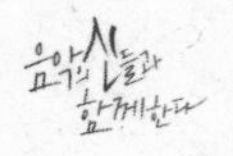

베론이 웃으며 말한다.

그는 헛기침을 한 번 하더니 바로 말을 이어 나갔다.

"당신을 찾은 이유가 있습니다."

"네, 마에스트로."

"파가니니 국제 콩쿠르의 우승자는 과르네리를 연주할 수 있게 됩니다."

"공식적으로 연주회를 여는 거죠?"

"정확해요. 보통 한 달에서 두 달 정도 여유를 두고 준비를 하는데……."

한지혁은 베론의 말을 듣고는 바로 입을 열었다.

"마에스트로 베론, 가능하다면 두 달 정도 시간이 주어지면 좋겠습니다."

"두 달이라……. 알겠습니다. 그럼 그렇게 전달하죠."

"감사합니다, 마에스트로."

한지혁이 고개를 살짝 숙이며 감사를 표했다.

그의 그런 모습에 인자한 미소를 보인 베론은 질문을 던졌다.

"두 달을 달라고 한 특별한 이유가 있습니까?"

그 질문에 답을 망설일 이유는 없었다.

특별하진 않지만, 분명한 이유가 있었으니까.

"한국에 다녀와야죠."

너무 오래 집을 나와 있었지 않은가.

이제, 돌아갈 시간이다.

“형.”

“응?”

한지혁의 부름에 그의 옆에 있던 백경태가 고개를 돌려 그를 바라보았다.

백경태는 기내식을 먹고 있다가 한지혁의 눈빛을 보고는 수저를 내려놓았다.

“왜, 또. 내가 뭐 먹을 거냐고 물어봤는데 네가 앨범 작업한다고 아무 대답도 안 했잖아.”

백경태가 변명하듯 말했다.

한지혁은 그런 배경태의 행동에 피식 웃음을 흘릴 수밖에 없었다.

입에 음식이 가득 있는 상태로 우물거리며 말하는 것이 왠지 웃겼기 때문.

“누가 뭐래?”

“아니, 너 배고플까 봐 그랬지.”

“배고프긴 한데……. 내가 음악 작업하느라 형 말하는 거 못 듣는 거야 하루 이틀 아니니까 내가 놓쳤나 했지.”

“……아무튼, 이거 챙겨 놨으니까 먹어.”

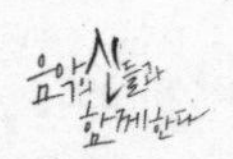

한지혁의 말에 백경태는 어디선가 기내식 한 세트를 꺼내 그에게 내밀었다.

나중에 한지혁이 혹시라도 찾으면 주기 위해 일부러 챙겨 뒀던 것.

한지혁이 씨익 웃으며 노트북을 덮고는 기내식을 먹기 시작했다.

안 그래도 오랜 작업 때문에 출출한 상태였다.

그들은 나란히 앉아 기내식을 먹으면서 대화를 나눴다.

"너는 앨범 작업하는 게 그렇게 재미있냐?"

"응. 음악을 하는 것 자체가 즐거워. 형은 안 그래? 매니저 일 좋아서 시작한 거라면서."

"뭐, 나는 힘든 게 더 많지. 너랑 같이 다니다 보면 확실히 재미있기도 한데, 몸이 진짜 너무 힘들다. 나는 너처럼 워커홀릭도 아니잖아."

"내가 무슨 워커홀릭이라고."

"야, 잘 생각해 봐라. 네가 워커홀릭인지 아닌지."

백경태가 고개를 흔들며 말했다.

그의 말에 한지혁은 볼을 긁적거렸다.

한지혁이 쉬지 않고 일을 하는 것은 맞았다.

사실상 쉬는 것 자체가 그리 즐겁지 않았기 때문에 어쩔 수 없었다.

음악을 만들고, 그것을 가지고 노는 게 더 재미있는데 어쩌겠나.

“너는 다른 취미 생활을 만들 필요가 있어. 물론 열심히 일하는 것도 좋긴 한데, 그렇게 죽어라 일만 하다 보면 결국 나중에 번아웃 오거나 할걸. 롱런하는 분들 보면 꼭 자기 일 말고도 취미 생활 하나씩 있잖아.”

백경태가 말한다.

한지혁은 그의 말에 고개를 살짝 끄덕였다.

조금 공감이 되기는 했다.

안 그래도 요즘 다른 취미 생활 하나를 만들어야겠다는 생각이 들기도 했으니까.

생각해 보면 그의 주변에도 많은 이들이 취미를 하나씩이라도 가지고 있었다.

가장 대표적으로 이하영이나 이지현을 살펴본다면, 이하영은 덕질이라는 취미 생활이 있다.

최근 가장 빠져 있는 연예인은 이성한이라는 배우였지만, 그녀의 덕질 생활은 어떤 것이든 가리지 않았다.

고양이 사진을 모으기도 하는 등, 한지혁은 전혀 하지 않는 취미 생활을 즐긴다.

이지현은 말 그대로 문학소녀와 같은 생활을 한다.

그녀는 음악을 하지 않을 때면 시를 쓰거나 짤막한 글들을 쓰면서 혼자만의 시간을 가지며 마음의 평안을 찾는 취미를 가지고 있다.

그에 비해 한지혁은?

음악을 하지 않을 때가 없지 않나.

"그러고 보니까 내가 진짜 취미 생활이 없긴 하네."

한지혁은 그렇게 중얼거리고는 다 먹은 기내식 포장 용기를 정리했다.

그러고는 다시 노트북을 펼친다.

"또 작업하게?"

"응. 취미 생활이고 뭐고, 일단 지금은 음악을 하는 게 제일 즐거워. 나중에 내가 하고 싶은 게 더 생기면 그것도 하면서 음악 하면 되는 거잖아? 굳이 관심도 없는 걸 취미 활동으로 하겠다고 참고 좋아하려 노력할 필요는 없는 거니까."

그는 그렇게 말을 하고 이어폰을 꺼내 귀에 꼽았다.

이제 더 이상 자신을 방해하지 말라는 의미.

백경태는 결국 입을 다물고 한지혁이 정리해 둔 기내식 포장 용기를 자신의 것과 포갰다.

한지혁은 빠른 속도로 자신이 작업하던 것에 빠져 들었다.

그는 요즘 자신의 새로운 앨범 작업에 빠져 있었다.

파가니니가 생전 사용하던 바이올린의 연주회를 두 달 후로 미룬 이유가 바로 앨범 때문 아닌가.

물론 한국에 돌아가서 편히 있고 싶은 마음도 있었지만, 이제 슬슬 자신의 앨범을 다른 이들에게 들려줄 타이밍이라고 판단해서 그런 것도 있었다.

더 이상 늦어지면 JK 엔터테인먼트에서도 그리 좋아하지는 않을 것이다.

지금 파가니니 국제 콩쿠르 우승이라는 타이틀을 거머쥐고 돌아가 앨범을 내는 것이 가장 좋다.

그는 첫 번째 곡부터 수정해 나가고 있었다.

바이올린을 처음 배우기 시작할 때의 한지혁과 지금의 한지혁은 전혀 다르다.

보이는 것도 전혀 다르고, 들리는 것도 달랐다.

앨범을 만드는 데에 아쉬운 부분이 보이는데 그걸 내버려 둘 수는 없으니, 그는 처음부터 수정 작업을 하고 있는 것이었다.

속도는 그리 느리지 않았다.

다섯 번째 곡까지 수정 작업을 하는 것은 이틀이면 충분할 것이었고, 마지막 곡을 완성시키는 것도 아마 일주일 정도만 시간이 주어진다면 끝날 것이다.

한지혁이 워커홀릭이라고 불리는 이유는 그가 열심히 일을 하는 이유도 있었지만, 그의 창작 속도가 평균보다 빠르기 때문도 있었다.

정신없이 곡 작업을 하고 있는데, 비행기가 덜컹거리며 흔들렸다.

"이제 착륙 준비해야 해."

그 말에 한지혁은 군말 없이 노트북을 정리했다.

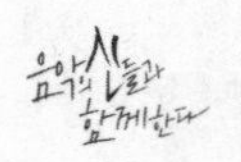

작업실에서 작업하는 게 더 편한데 굳이 여기서 조금만 더 하겠다고 미련 가질 필요는 없었다.

곧 비행기가 착륙했다.

한지혁은 자신의 바이올린과 노트북 가방만 들고 걸음을 옮겼다.

백경태는 캐리어 하나와 배낭 하나를 가지고 움직였다.

게이트를 빠져나가자…….

"한지혁 씨! 이번에 파가니니 국제 콩쿠르에서 우승을 하셨는데, 기분이 어떠십니까!"

"여기 좀 봐 주세요!"

"한지혁 씨!"

수많은 기자들이 한지혁을 부르며 카메라를 들이밀고 있었다.

한지혁은 조금 당황했지만, 예상 못 한 일은 아니었기에 최대한 부드럽게 그들을 상대해 주었다.

간단한 질문에는 한마디씩 답해 주며 백경태와 함께 대기 중이던 차에 올라탔다.

탁.

문이 닫히는 소리와 함께 고요가 찾아왔다.

"힘드네."

한지혁이 중얼 거렸다.

그의 말에 백경태가 고개를 끄덕였다.

"어디로 갈래? 집? 아니며 바로 작업실로?"

평소 한지혁이었다면 바로 작업실로 갔을 수도 있다.

하지만 그는 망설임 없이 입을 열었다.

"집으로 먼저 가자."

오늘은 왠지 집이 그리웠다.

"이게 얼마 만이야!"

한지혁의 어머니가 두 팔을 벌리며 그를 끌어안았다.

그리운 건 맞았지만, 그렇다고 이렇게 안는 건 굉장히 어색했기에 한지혁은 조금 굳은 몸으로 그녀를 가볍게 안았다.

아버지 또한 오늘은 일찍 퇴근을 한 것인지 집에 계셨다.

"수고했다."

"뭘요."

한지혁이 웃으며 말한다.

그는 방 안으로 들어가 자신의 짐을 푼 뒤 거실로 나왔다.

그때까지 그의 부모님은 소파에 앉아서 한지혁을 기다리고 있었다.

"저녁 뭐 먹을까? 내가 알아보니까 거기는 진짜로 한국 음식 거의 없다던데."

"진짜 없긴 하더라. 그렇다고 내가 뭐 해 먹을 수 있는 것도 아니고……."

한지혁이 고개를 끄덕거리며 말했다.

미국이면 또 모를까, 제노아에는 정말로 한국 음식점이 거의 없었다.

콩쿠르를 준비하는 동안에 한국 음식을 먹고 싶었던 적도 확실히 많았다.

"그럼 오랜만에 한국식으로 제대로 갈까? 한정식이나…… 아니면 뭐, 고깃집 가서 먹어도 좋고."

한지혁의 어머니가 밝은 얼굴로 말을 했다.

그녀는 한지혁이 집에 돌아왔다는 것 자체가 기쁜 모양이었다.

잠시 생각을 하던 한지혁은 머리를 긁적거렸다.

솔직히 말하자면 오늘은 그리 밖으로 나가고 싶지는 않았다.

그냥 집에서 쉬고 싶은 마음이 컸다.

"밖에 나가서 먹는 것보다 엄마가 해 주면 더 맛있을 것 같긴 한데……."

"그러면 오랜만에 엄마가 손 좀 써야지."

그녀가 그렇게 말을 하면서 부엌으로 향했다.

거실에는 어느새 한지혁과 그의 아버지만 남았다.

"그 뭐야, 우승하면 다시 제노아에 가서 무슨 연주를 해야 한다면서?"

"네, 다음 달 말 정도에 다시 제노아 가서 오케스트라와 합을 맞춰야 해요."

"그때는 또 얼마나 제노아에 있는 거냐."

"한…… 3주 정도? 2주 정도는 연습만 할 것 같아요. 근데 심사 위원들이랑 여러 음악계 인사들 모인 자리가 또 있다고 하더라고요. 공연한 다음에도 조금 머물면서 거기에 참석도 하고 그래야 한대요."

한지혁이 차분히 설명했다.

그의 말에 그의 아버지는 고개를 주억거리기만 할 뿐, 별다른 말은 하지 않았다.

애초에 한지혁의 부모님은 그가 하고 싶은 것을 하게 해주는 성격이기도 했지만 동시에 많은 걱정을 하기도 했다.

과연 한지혁이 음악으로 먹고살 수 있을까 같은 걱정.

20대 초반이었으니 아직까지는 자신들이 어떻게 감당을 한다고 해도, 조금만 더 시간이 지나면 힘들지 않은가.

그래서 걱정이 많았던 그의 아버지였는데, 이제는 그런 걱정이 쏙 들어갔다.

"외국 나가서 고생을 많이 하는구나."

"그래도 우승해서 왔잖아요. 하고 싶은 거기도 했고, 원하는 걸 얻어서 좋아요."

"너무 우승이나 그런 거에 신경 쓰지 말고. 초심을 잃으면 안 된다."

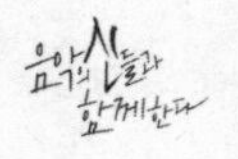

자신의 아버지의 말에 한지혁은 고개를 끄덕였다.

"걱정 마세요. 언제나 초심 가지고 갈 테니까."

애초에 한지혁이 말한 '원하는 것'도 우승이 아니다.

'악마의 바이올리니스트'.

그와 함께하는 것이 한지혁이 가장 원했던 것이니 말이다.

"신기하긴 하다. 네가 이렇게까지 음악에 천재성을 가지고 있을 거라고는 상상도 못 했는데."

그의 말에 한지혁은 애매한 얼굴을 해 보였다.

사실 이 문제에 대해선 한지혁도 요즘 생각하고 있었다.

원래 그는 재능이 없었고, 그렇기에 가수가 되는 것을 포기하고 다른 길을 걷지 않았던가.

죽고, 돌아와서 아무리 음악의 신들이 그와 함께하게 되었더라도 가끔 음악 작업을 하다 보면 자신 스스로가 변했다는 것이 느껴졌다.

대표적으로 이번에 오케스트라와 함께했을 때가 그랬다.

한지혁은 오케스트라의 단원들이 실수하는 것을 처음부터 끝까지 하나하나 다 잡아냈다.

그것은 단순히 음악의 신들이 알려 주어서 그런 것이 아니었다.

오히려 음악의 신들도 한지혁의 능력에 조금 놀라는 듯한 반응을 보여 주었지 않나.

이런 부분에 대해서는 생각해 볼 필요가 있었다.

음악의 신들이 그와 함께하기 때문에 그들의 재능을 한지혁이 조금씩 받아들이고 있는 건지, 아니면 뭔가 다른 영향이 있는 건지.

지금 당장 한지혁이 답할 수 있는 것은 없었다.

"그러게요. 저도 몰랐어요."

그는 그저 그렇게 말을 하고는 자리에서 일어났다.

어디선가 스마트폰 진동 소리가 울렸기 때문.

자신의 방으로 들어간 한지혁은, 침대에 놓여 있던 자신의 스마트폰을 집었다.

이지현에게서 전화가 걸려 오고 있었다.

"여보세요?"

–어, 오빠.

"응. 지현아."

–내가 오빠 한국 귀국한 걸 기사 보고 알아야겠어? 왔으면 재깍재깍 왔다고 연락을 해야지.

"어제 문자했잖아. 오늘 한국 올 거라고."

–그거랑 이거랑 다르지. 아무튼, 내일 뭐 해?

"내일? 작업실에 있겠지."

최대한 빨리 앨범을 작업하고 싶었기에 한지혁은 내일 회사 작업실에 출근할 생각이었다.

–삑. 기각.

"왜, 또?"

-내일은 오빠 우승 기념으로 파티를 해야 하니까.

그렇게 말을 하는 이지현의 목소리에는 기대감이 가득했다.

한지혁은 그녀의 목소리를 들으며 약간의 불안감을 느껴야 했다.

"의심스러운데……."

아무리 생각해도 이지현이 무언가를 꾸미고 있다.

한지혁은 확신을 하고 있었다.

이지현이 그냥 축하 파티를 열 것 같지는 않았다.

물론 그녀와 한지혁이 축하 파티도 못 열어 주는 서먹서먹한 사이는 아니었지만, 이렇게 기다렸다는 듯 전화를 해서 축하 파티에 꼭 와야 한다고 말을 하는 이지현의 목소리를 듣는다면 누구라도 의심할 것이다.

평소에 굉장히 성숙한 모습을 보이는 이지현이지만, 그녀가 장난스러워지려면 얼마나 장난스러워질 수 있는지 잘 알고 있는 한지혁으로서는 당연히 그녀가 무언가 준비를 하고 있다는 것 정도는 눈치챌 수 있었다.

"근데 뭘 하려고 하는지를 모르겠으니까 답답하네."

한지혁이 그렇게 중얼 거리면서 볼을 긁적거렸다.

그러다가 이내 숨을 토해 내며 고개를 흔들어 잡생각을 털어 냈다.

축하 파티를 하기로 한 시간은 오후 4시.

그리고 지금 현재 시각은 12시가 조금 안 되었다.

이동 시간을 생각한다고 해도 세 시간이 넘는 시간이 남았다는 뜻이다.

그리고 그 세 시간은 한지혁이 한 곡 정도는 만지작거릴 수 있는 시간으로는 충분한 시간이었다.

다섯 번째 곡.

앨범의 마지막 곡인 여섯 번째 곡을 다듬기 전, 다섯 번째 곡부터 마무리해야 한다.

'애초에 여섯 번째 곡은 다 완성되지도 않았으니까 뭘 할 수도 없지.'

일단은 첫 번째 곡부터 다섯 번째 곡까지 완성을 시키고 나야 여섯 번째 곡을 시도하는 게 가능하다.

과연 파가니니는 어떤 식으로 곡 작업을 했는지 몰라도 한지혁으로서는 이것이 한계였다.

'악마의 바이올리니스트'가 피식 웃으며 당신을 바라봅니다. 그가 자신을 흉내 내다가는 결국 지쳐 쓰러지고 말 것이라고 말합니다.

'들리지 않는 예술가'는 '악마의 바이올리니스트'를 바라보며 웃음을 터트립니다. 그는 자신도 그렇게 생각하던 시

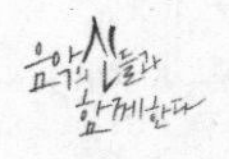

절이 있었다며 '악마의 바이올리니스트'에게 당신의 재능을 무시하지 말라고 말합니다.

'거리 위의 천사' 또한 고개를 끄덕거리며 당신의 재능은 조금씩 성장하고 있다며, 이제는 더 이상 무시할 수 없다고 중얼거립니다.

한지혁은 곡을 건드리려다 말고 고개를 들어 올렸다.

자신의 재능이 조금씩 성장하고 있다는건 무슨 말인가.

"재능이 성장하고 있다고요?"

그럴 리가.

애초에 한지혁은 음악에 대한 재능이 정말 없었고, 그래서 실패했다.

지금에 와서는 음악의 신들 덕분인지, 음악이라는 분야의 전체적인 부분에 있어서 민감해지긴 했지만…… 그게 재능과 관련 있을까?

무언가 변화가 있다는 건 한지혁도 스스로 느끼고 있었지만, 그게 스스로의 재능이 채워지는 방향이라고는 상상도 하지 못했다.

그저 음악의 신들과 함께하며 경험이 늘고, 그들의 도움 덕분에 무언가 변화가 생기고 있다고 생각했을 뿐.

'또 하나의 여왕' 또한 당신의 재능이 자라나고 있다는 것

은 부정할 수 없는 사실이라고 말합니다.

'팝의 황제'는 어떠한 영향인지는 모르겠으나 이번에 '악마의 바이올리니스트'와 함께하게 되면서 더 커다란 재능을 가지게 된 것 같다고 말을 합니다.

'들리지 않는 예술가'는 고개를 갸웃거리더니 '팝의 황제'의 의견이 맞는 것 같다며 손가락을 튀깁니다.

그 말에 한지혁은 뒤통수를 한 대 얻어맞은 것 같은 충격을 받아야했다.

자신의 재능이 커진다고?

그리고 그게 자라나고 있다고?

아니 애초에…….

"나한테, 재능이 있다고?"

평생 처음 듣는 말은 아니다.

지난 생에서는 들어 보지 못한 말이었지만 적어도 이번 생에서는 나름 들어 본 말들이었으니까.

재능이 있다.

너는 천재다.

이런 말들을 꽤나 많이 들었다.

또 가수 경력이 오래된 이하영에게서도, 음악적인 재능이 뛰어난 이지현에게서도, 유행하는 노래를 들어 온 백경태에게서도, 높은 안목을 지닌 이하균 팀장에게서도 들었다.

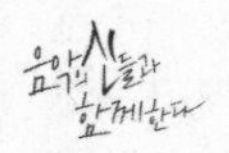

심지어 대표인 조진욱 또한 한지혁을 두고 천재라고 언급했다.

거기에다가 국내외의 존경하는 뮤지션들도 그를 천재라고 부르지 않았던가.

그런 것을 들을 때, 사실 한지혁은 조금 양심이 찔리는 것을 느꼈다.

자신의 재능이 아니었으니까.

그는 그저 음악의 신들의 도움을 받아 음악을 만들어 내는 것뿐이었으니까.

적어도 지금까지 그는 그렇게 생각을 하고 있었다.

그리고 지금, 그의 생각은 전면적으로 부정당하고 있다.

무려 음악의 신들에 의해서 말이다.

그 누구보다 신뢰할 만하고, 절대 거짓을 말하지 않는 음악의 신들이 한지혁에게 재능이 있다고 말한다.

그것도 아주 커다란 재능이.

'악마의 바이올리니스트'가 함께하기 시작했을 때 재능이 더 커진 것 같다고 말한다.

그 말을 어떻게 받아들이면 좋을까?

머리가 핑핑 돌아가면서 많은 생각이 들었다.

수많은 가설들이 떠올랐다가 사라졌다.

그렇게 남은 몇 개의 가설들.

한지혁이 침을 꿀꺽 삼켰다.

'혹시…….'

정말로 만에 하나, 그가 생각하는 게 맞다면…….

"더 많은 음악의 신들과 함께 할 수 있도록 해야 한다."

한지혁이 중얼거렸다.

그가 크게 웃음을 터트리더니 이내 즐거운 듯 다시 곡 작업을 시작해 나갔다.

한지혁의 손이 빠르게 움직이며 곡을 수정하기 시작했다.

그의 입가에는 미소가 맺혀 있었다.

다섯 번째 곡을 마무리하고, 전체적으로 깔끔하게 다듬는 것까지 딱 세 시간 정도가 걸렸다.

마지막 여섯 번째 곡이 남았지만, 그건 내일부터 작업에 들어가도 될 것 같았다.

한지혁은 깔끔하게 미련 없이 자리를 정리하고 일어났다.

이제 슬슬 출발해야 약속 시간에 맞출 수 있다.

택시를 불러 약속 장소로 향했다.

그냥 JK 엔터 내부에 남는 공간에서 파티를 해도 될 텐데, 굳이 또 다른 장소를 구했다고 한다.

한지혁은 그 말에 오히려 이지현이 무언가를 꾸미고 있다는 사실을 더욱 확신했다.

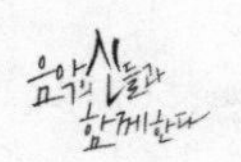

"다 왔습니다."

"아, 감사합니다. 기사님."

한지혁이 웃으며 인사를 하고는 차에서 내렸다.

12층짜리 건물이 눈에 들어왔다.

건물을 본 한지혁은 왠지 건물이 눈에 익다는 생각을 했다.

어디서 본 것 같은 느낌인데 딱 생각이 나지 않았다.

고개를 갸웃거려 보인 그는 이내 걸음을 옮겨 건물 안으로 들어섰다.

때마침 이지현에게 전화가 걸려 왔다.

"어, 나 지금 건물 1층에 있는데."

–아 그래? 그럼 8층으로 올라가면 돼. 나는 10분 후에 도착하니까 먼저 올라가 있어.

"알았어."

한지혁이 태연하게 답을 하고는 전화를 마무리했다.

그는 스마트폰에 떠오른 이지현이라는 이름을 보면서 피식 웃었다.

띵!

작은 소리가 들리며 엘리베이터가 도착했다는 것을 알렸다.

문이 열리는 엘리베이터 내부를 확인하자마자, 그는 이곳이 어디인지 깨달을 수 있었다.

지금 당장은 아니지만, 이제 곧 유명해질 엘리베이터다.

계속 성장하고 있는 미튜브 콘텐츠들 중, 최근 몰래카메라

콘텐츠를 찍는 미튜버들도 나타나고 있었다.

'몰래카메라 명소.'

이 엘리베이터에서, 아니 이 건물 전체에서 촬영된 몰래카메라가 워낙 많기에 한지혁도 기억해 낼 수 있었다.

이 건물 8층에 위치한 크리에이티브 사무실은 몰래카메라를 소재로 한 미튜브 촬영에 자주 이용되고는 했으니까.

그는 자연스럽게 엘리베이터에 들어서며 슬쩍 천장을 확인했다.

이런 식으로 뭔가를 꾸밀 때에는 카메라부터 설치해 두니까.

한지혁은 구석에 설치되어 있는 정말 조그마한 카메라 하나를 발견할 수 있었다.

신경 쓰지 않았다면 전혀 몰랐을 만한 카메라.

슬쩍 웃어 보인 그는 엘리베이터 내부를 둘러보며 주변에 무엇이 있는지 파악했다.

일단 딱히 드러나 있는 무언가가 없는 것을 봐서는 갑자기 엘리베이터 내부에서 뭔가 튀어나오거나 할 것 같진 않았다.

'그럼 둘 중 하나인데.'

엘리베이터를 밖에서 조작하는 방법을 사용하거나, 아니면 엘리베이터의 문이 열렸을 때 무언가가 튀어나오거나.

한지혁은 후자가 더 가능성이 있다고 판단했다.

그는 느긋한 마음으로 상황을 지켜보며 기다렸다.

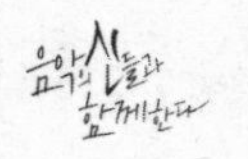

띵!

엘리베이터가 8층에 도착했다는 소리가 들리고, 문이 천천히 열렸다.

엘리베이터 밖은 불이 전부 꺼져 있어서 아무것도 보이지 않았다.

'이건 너무 노골적이잖아.'

'나 뭘 꾸미고 있어요!'라고 말을 하듯 불이 꺼져 있는 복도를 보며, 한지혁은 엘리베이터 밖으로 나서려다 멈칫거렸다.

엘리베이터 양옆으로 발끝이 조금 튀어나와 있는 것이 눈에 들어왔기 때문.

그는 슬쩍 웃으며 카메라가 있는 방향으로 고개를 들어 보였다가 성큼 앞으로 나섰다.

"악!"

한지혁이 오른쪽으로 몸을 돌리며 소리를 쳤다.

"꺄악!"

이지현의 비명이 터져 나왔다.

한지혁은 엘리베이터 빛으로 어렴풋이 보이는 그녀의 얼굴을 보고 웃음이 빵 터졌다.

"푸하핫! 얼굴 뭐야?"

이지현은 좀비 분장을 하고 있었는데, 그게 은근 매력적이면서도 웃겼다.

"꺄아악!"

한지혁의 뒤쪽에 있던 예주가 이지현과 마찬가지로 좀비 분장을 하고 장난스러운 비명을 내질렀다.

그녀가 한지혁의 다리를 끌어안으며 이마를 다리에 부딪쳤다.

"예주 데리고 뭐 하는 거야? 무슨 몰래 카메라를 찍으려고 해. 나를 상대로."

한지혁이 웃으며 말했다.

조금 떨어진 곳에서 카메라를 들고 대기하고 있던 예주의 아버지가 웃음을 터트리면서 다가왔다.

그제야 불이 켜지며 상황이 전체적으로 보인다.

복도에는 한지혁이 생각하는 것보다 많은 인원이 숨어 있었다.

좀비 분장을 한 이지현과 예주는 물론이고, 이하영, 백경태등을 포함한 여러 인원이 있었다.

이하균 팀장도 있었고, 같은 회사 소속 연예인인지 연습생인지 모를 이들도 함께하고 있었다.

"어떻게 알았어?"

"뭘 어떻게 알아? 누가 봐도 '나, 뭔가를 꾸미고 있어요!'라고 말하는 듯한 목소리였는데."

한지혁은 이지현이 놀랐는지 찔끔 나온 눈물을 닦는 것을 보면서 말했다.

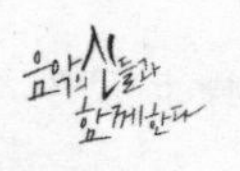

"아 진짜……! 깜짝 놀랐네!"

그녀가 그렇게 중얼거리고는 예주의 아버지가 들고 있는 카메라를 향해 손을 흔들었다.

"몰래카메라는 실패했네요. 아쉽게요."

이지현과 예주가 마무리 촬영하는 것을 도운 한지혁은, 카메라가 꺼지자 본격적으로 다른 이들과 인사를 나누었다.

"뭐야, 형. 이거 알고 있었는데 나한테 말 안 한 거야?"

"몰래카메라를 찍겠다는데 말을 하겠냐?"

백경태가 씩 웃으며 말했다.

한지혁이 툭 그의 어깨를 치고는 다른 이들과도 인사를 나눴다.

이하영과는 조금 늦게 대화를 나눌 수 있었다.

그녀가 예주와 무언가를 하느라 정신이 없었기 때문.

"어떻게 지냈어?"

"앨범 준비하기도 하고, 여러 가지 하면서 지냈지. 오빠는 결국 우승까지 해 버렸네."

"운이 좋았지."

"운은 무슨. 우승 축하해!"

이하영이 장난스럽게 한지혁의 어깨를 밀치며 말했다.

한지혁이 웃으며 그녀의 장난을 받아 비틀거렸다.

"고마워."

파티는 본격적으로 시작되었다.

술은 없었다.

미성년자들도 두어 명 껴 있었기 때문이기도 하고, 다들 굳이 술을 마실 생각은 하지 않고 있기도 했다.

그저 모여서 노는 분위기의 축하 파티가 이어졌다.

한지혁은 조금 달아오른 얼굴을 식히기 위해서 다른 이들이 노는 것을 지켜보며 소파에 털썩 주저앉았다.

그런 한지혁의 곁으로 이하영이 다가와 그의 옆에 앉았다.

"재미있네."

"그러니까. 오랜만에 좀 신나게 노는 것 같아."

이하영이 그렇게 말을 하면서, 들고 있던 작은 가방에서 무언가를 꺼냈다.

그것은 손바닥 절반 크기 정도 되는 카드였다.

이하영은 그것을 한지혁에게 내밀었다.

"뭐야?"

검은색 배경에 황금색으로 장식이 되어 있는 카드를 보면서 한지혁이 물었다.

"초대장."

"엥? 무슨 초대장."

"뒤집어서 봐 봐."

이하영의 말에 한지혁이 그녀가 준 카드를 뒤집었다.

가장 먼저 눈에 들어온 것은.

〈Show me the Beat〉라는 글자였다.

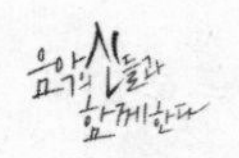

"나 이번에 피처링하거든. 구경 오라고."

이하영이 웃으며 말했다.

〈쇼 미 더 비트〉.

한국에서 거의 유일하다고 할 수 있는 랩 서바이벌 프로그램이다.

기존에 있던 다른 음악 공개 오디션 프로그램들과 비슷한 것 같으면서도 다른 형식으로 진행된다.

다른 장르의 음악보다는 오로지 랩만으로 승부해 나간다는 것이 특징인 프로그램이었다.

때때로 지난 시즌의 우승자들이 나와서 피처링을 하거나 참가자와 친분이 있는 다른 가수가 나와서 피처링을 하는 일도 물론 있다.

'근데 거기에 하영이가 참여했었다는 이야기는 들어 본 적이 없는데?'

지난 생에서 이하영은 〈쇼 미 더 비트〉에서 피처링을 한 적이 전혀 없었다.

아니, 피처링은커녕 그와 비슷한 이야기도 들어 본 적이 없다.

앨범을 냈다 하면 차트 줄 세우기를 하는 국내에서 한 손에 꼽히는 여가수인 이하영.

그녀가 〈쇼 미 더 비트〉에 출연하면 그 파급력은 엄청날 것이 분명했다.

"어쩌다가 출연하게 된 건데?"

"그쪽에서 요청이 들어왔어. 이번에 아는 오빠가 프로듀서로 출연 중이거든. 자기가 맡고 있는 사람이 준결승까지 올라갔는데, 나한테 피처링 부탁을 하더라."

"그걸 수락했어?"

"뭐, 재미있을 것 같아서. 나도 오빠 흉내 좀 내 보려고 했지."

"갑자기 무슨 내 흉내야?"

"왜, 오빠 막 장르 넘나들면서 놀잖아."

한지혁은 이하영의 '논다.'는 표현이 마음에 들었다.

확실히 그는 음악을 할 때 일한다기보다는 즐거운 느낌이 더 강했으니까.

"그래서 너도 이번에 힙합에 한번 빠져 보겠다…… 뭐, 이런 거야?"

"응, 물론 내가 가서 랩하고 그러진 않겠지만, 곡 자체가 나쁘진 않은 것 같더라고. 애초에 그 오빠가 곡을 잘 쓰는 편이기도 하고."

"아, 그래?"

한지혁이 고개를 주억거리면서 답했다.

좋은 시도가 될 것 같기는 했다.

그녀가 말을 하는 아는 오빠가 누군지도 바로 알 수 있었고.

'박지호 프로듀서.'

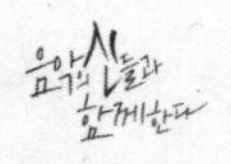

본래 힙합 콘셉트 아이돌 출신인 그는, 자신의 꿈인 '제대로 된 래퍼'가 되기 위해서 아이돌로 데뷔를 먼저 하고 인지도를 만든 후 자신이 진정으로 원하는 음악을 하기 위해 노력하는 사람이었다.

다른 것은 몰라도, 그가 얼마나 열심히 일하는지는, 지금도 미래에도 잘 알려져 있었기에 호감이 가는 인물이었다.

'음악도 좋고.'

'트렌드 메이커'라고 불릴 정도로 좋은 음악을 만들어 내는 인물이다.

지금도 그렇지만 사실 미래에서 내보일 음악이 더욱더 기대되는 사람이다.

실제로 먼 미래에 이하영은 박지호의 노래에 피처링으로 참여하기도 하며 계속해서 인연을 이어 나간다.

"올 거지?"

"갈게. 안 그래도 힙합이나 랩 쪽으로도 관심이 가고 있었는데 잘됐다."

실제로 한지혁은 힙합과 랩 쪽으로도 관심이 있었다.

그가 클래식에 빠지지 않았더라면 아마 랩과 힙합 쪽으로 빠졌을 것이다.

클래식 공연을 들으러 가기 직전까지도 사실 힙합을 파고들어 볼까 진지하게 고민하고 있었으니까.

"근데 좀 신기하긴 하다. 네가 힙합 쪽으로 관심 가지게 될 줄은 몰랐는데.”

관심을 가지게 되는 게 적어도 몇 년 후라는 것을 아는 한지혁이었으니, 당연히 지금 그녀가 힙합 음악에 피처링을 할 줄은 상상하지 못했다.

이하영이 어깨를 으쓱거렸다.

“팀장님도 그 말을 하던데. 근데 그게 은근 재미있더라고.”

그녀는 그렇게 말을 하고는 자리에서 일어났다.

“가서 놀자.”

이하영의 말에 한지혁은 자신이 방금 받은 카드를 주머니에 집어넣고는 자리에서 일어났다.

파티는 계속 이어졌다.

〈쇼 미 더 비트〉의 준결승 무대가 열리기까지 아직 열흘이라는 시간이 남아 있었다.

한지혁은 그동안 앨범을 마무리하기로 결정을 내렸다.

다섯 번째 곡까지는 이제 더 이상 손 볼 곳이 없었으므로 여섯 번째 곡만 잘 완성시키면 되는 상황이었다.

무리는 없었다.

다만 생각보다 시간은 좀 걸렸다.

며칠 안에 다 끝낼 수 있을 줄 알았는데, 일주일이 넘게 걸

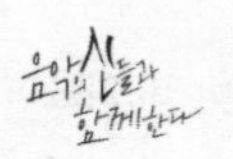

렸으니까.

전부 '악마의 바이올리니스트' 때문이었다.

'악마의 바이올리니스트'가 고개를 흔들며 조금 더 정돈된 느낌이 나야 한다고 말합니다.

'들리지 않는 예술가'는 미간을 찡그리며 '악마의 바이올리니스트'를 바라봅니다. 나중에 마무리 작업을 할 때 손봐도 되는 것을 벌써부터 이야기할 필요는 없다고 주장합니다.

'또 하나의 여왕'은 아무런 말 없이 상황을 지켜보기만 하고 있습니다.

한지혁이 조금이라도 실수를 할라 치면 '악마의 바이올리니스트'가 튀어나와 교정해 주려 했던 것이다.

물론 그런 것이 때때로 한지혁에게 큰 도움이 되기는 했지만, 흐름상 지금 쭉 이어 나가며 작업을 하다가 나중에 수정해도 되는 부분에서도 덜컥덜컥 멈추게 되니 작업 속도는 느려질 수밖에 없었다.

"일단…… 다들 조용히 좀 해 주실래요?"

한지혁이 작게 한숨을 내쉬며 말했다.

지금까지는 다들 한두 마디씩 하더라도 무시하고 넘어갈 수 있었는데, '악마의 바이올리니스트'가 함께하게 된 이후부터 전체적으로 말이 많아진 느낌이었다.

물론 지금까지 입이 근질근질하던 것을 겨우 참아 낸 '악마의 바이올리니스트'의 심정도 이해는 되지만, 한지혁으로서는 계속해서 떠오르는 메시지가 때때로 귀찮기도 했다.

"오늘은 진짜 완성하고 이따가 〈쇼 미 더 비트〉 무대 보러 가야 해요. 제발 조용히 합시다."

그가 그렇게 말을 하고는 음악 작업을 이어 나갔다.

마지막 여섯 번째 곡은 지금까지 만든 곡의 기술들이 집약되어 있는, 말 그대로 '뽐내기'용 곡이라고 봐도 좋았다.

'하지만 단순히 뽐내기 위해서 곡을 만들면 듣기 거북해질 수 있지.'

듣는 사람이 부담스러울 수 있다.

그래서 '악마의 바이올리니스트'의 말처럼 그런 거북함이 없도록 깔끔하게 정돈된 느낌으로 곡을 만드는 것이 중요했다.

바이올린 베이스로 곡을 만드는 것이기에 조금 더 힘들었다.

대중을 위해서는 당연히 한지혁이 노래도 해야 하는데, 바이올린이 한지혁의 목소리를 집어삼키려고 하는 경우가 종종 있었기 때문.

그것에 대한 조절도 상당히 중요했다.

한지혁은 이번 곡도 균형에 초점을 맞추며 진행해 나갔다.

균형이 무너지면 결국 곡 자체가 그리 아름답지 않게 들린다는 것을, 콩쿠르를 통해 그는 이미 깨달은 상태였다.

그렇게 시간은 흘렀다.

한 시간, 두 시간…….

한지혁은 극한의 집중력을 발휘했다.

엄청난 속도로 곡을 수정하고, 다듬어 가면서 조금씩 완성해 나간다.

이전 곡들에 100의 노력을 쏟아부었다면, 이번 곡에는 200의 노력을 쏟아부었다.

'말도 안 돼!'라는 말이 나올 수 있도록 곡을 만들고 싶었다.

클래식이 아닌 대중음악으로 파가니니와 비슷한 느낌으로 대중에게 다가가면 과연 어떤 반응이 나올지 너무 기대가 되었다.

부푼 가슴으로 곡을 만지다 보니, 결국은 해낼 수 있었다.

"됐다."

그가 그렇게 말을 하며 두 손을 허공으로 들어 올렸다.

입가에 기분 좋은 미소를 띠며 두 손은 깍지를 꼈다.

흐음! 하고 소리를 내며 한차례 기지개를 켠 한지혁은 이내 헤드셋을 끼고 자신이 방금 완성한 곡을 들었다.

귓가로 잔잔하면서도 현란한 바이올린 소리가 울리며 존재감을 드러냈다.

아직 보컬을 입히지 않은 상황이었기에 더 기대가 되는 느낌이었다.

여기서 자신의 바이올린 소리를 이기기 위해 한지혁은 최선을 다해 노래를 불러야 할 것이다. 그리고 바이올린을 이기고 보컬을 드러내는 것에 성공한다면…….
'진짜 좋은 곡이 나오겠지.'
한지혁이 속으로 생각했다.
당연하게도 그만 그렇게 생각하고 있는 것은 아니었다.

'들리지 않는 예술가'가 괜찮은 곡이라며 손가락을 까딱 거립니다.

'악마의 바이올리니스트'는 재미있다는 듯 웃음을 보이고 있습니다. 그는 자신이 직접 연주를 해 봐야겠다며 바이올린을 찾습니다.

'거리 위의 천사'는 이제는 놀랍지도 않다며 손뼉을 칩니다. 당신에게 좋은 곡을 만든 것을 축하한다고 말합니다.

그들의 메시지를 읽으며 한지혁은 뿌듯한 얼굴을 해 보였다.
음악 파일을 저장한 다음 메일로 백경태에게 보낸 후 그는 서둘러 자리에서 일어났다.
시간이 생각보다 많이 지나 있었다.
서둘러 가야 겨우 시간에 맞출 듯했다.

검은 모자를 눌러쓰고 검은 마스크를 착용한 한지혁은 빠

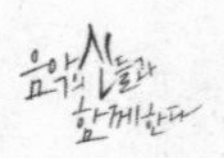

르게 걸음을 옮겼다.

밝은 색 옷을 입고 검은 모자와 마스크를 끼니 대비가 되면서 더 눈에 띄는 느낌이었다.

사람들은 그를 지나치면서 힐끗힐끗 보고 있었다. 얼굴 절반을 가렸지만 눈만으로도 드러나는 존재감이 있었으니까.

"잘생겼다."

"그러니까…… 눈빛 봤냐? 무슨 보석인 줄!"

여고생 두 명이 작게 대화를 하며 한지혁을 지나쳤다.

그것을 들은 한지혁은 고개를 살짝 숙이며 바닥을 보고 걸었다.

〈쇼 미 더 비트〉의 준결승 무대가 열리는 곳은 JK 엔터테인먼트의 사옥과 그리 멀리 떨어지지 않은 곳에 위치하고 있었다.

걸어서 20분 정도 거리. 오랜만에 걸어 보자는 생각에 모자와 마스크를 눌러쓰고 열심히 걷는 중인데, 아직까지 그를 알아보는 사람은 없었지만 내심 불안한 것이 사실이었다.

'괜히 다른 연예인들이 해외에 자주 나가는 게 아니었어.'

한지혁도 사실 LA도 다녀와 보고 제노아도 다녀와 봤으니 한국과 해외의 분위기가 어떻게 다른지 잘 알고 있었다.

해외에서는 굉장히 자유롭게 돌아다닐 수 있는 반면, 한국에서는 아무래도 주변 사람들의 시선을 신경 쓰게 될 수밖에 없다. 어딜 나가든 모자와 마스크는 거의 필수인 것이다.

물론 한국에서도 정말 연예인들이 많이 모여 사는 동네에 가면 비교적 편한 느낌으로 다닐 수 있다고는 하지만…….

'거기로 이사 갈 돈은 없지.'

정확히는 한지혁도 모른다.

한지혁의 수입은 지금도 실시간으로 불어나는 중이다.

게다가 정산 시스템이 상당히 복잡해서 실제로 한지혁의 통장에 입금이 되는 것은 거의 반년 전 일을 했던 노동의 대가였다.

그동안 워낙 벌인 일이 많았고, 최근에는 또 파가니니 국제 콩쿠르에 신경 쓰느라 정산을 확인하지 못했다.

"나중에 확인해 봐야지."

많이 들어왔으면 작업실이나 만들어야겠다고 생각하며 한지혁은 계속 걸음을 옮겼다.

어느덧 눈앞으로 커다란 건물이 보이고 있었다.

〈쇼 미 더 비트〉의 로고가 큼지막하게 박혀 있는 현수막이 걸려 있어서 알아보기 힘들지는 않았다.

한지혁은 이하영이 미리 알려준 통로로 이동을 했다.

정문으로 들어가지 않고, 건물 옆에 있는 문으로 들어서자 직원이 그의 앞을 가로막았다.

"여기는…… 아?"

직원이 말을 하다 말고, 모자와 마스크를 벗는 한지혁을 보더니 작게 감탄사를 내뱉었다.

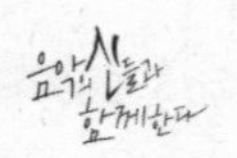

그는 금방 정신을 차리고는 입을 열었다.

"쭉 들어가시면 출연자 대기실이 나옵니다."

"넵, 감사합니다."

한지혁이 웃으며 답을 하고는 걸음을 옮겼다.

리허설을 하고 있는 것인지 두웅 하고 울리는 비트가 들려왔다.

심장까지 울리는 느낌이었다.

비트 자체가 괜찮았기에 한지혁은 볼을 긁적거렸다.

"생각보다 더 좋을 수도 있겠는데?"

그가 중얼거렸다.

상당히 기대가 되었다.

과연 오늘 이곳에서 한지혁은 무엇을 얻어 갈 수 있을까?

그것은 음악의 신들도, 한지혁도 알지 못했다.

본래 태풍의 눈은 아주 고요한 법이니까.

무대에서 울리고 있는 비트를 들으며, 한지혁은 안내에 따라 안쪽으로 쭉 들어섰다.

걸음을 옮기자 팀별로 대기실이 나뉘어 있는 게 눈에 띄었다.

당연히 한지혁은 박지호가 프로듀셔로 있는 팀의 대기실

로 가서 문을 두드렸다.

똑똑.

문을 두드리자 안쪽에서 들어오라는 답이 들려왔다.

달칵 하는 소리와 함께 문이 열리며 박지호가 모습을 드러냈다.

박지호는 순간 한지혁을 보고 무슨 일이냐는 듯한 얼굴을 해 보이다가 금방 그를 알아보았다.

"아! 안녕하세요. 박지호입니다."

"안녕하세요. 한지혁입니다. 잘 부탁드립니다, 선배님."

"어휴, 선배님이라고 부르시면 제가 부담스럽습니다. 들어 보니까 저희 나이도 같던데요?"

"그래도 선배님은 선배님이니까요."

한지혁은 박지호를 충분히 선배라고 부를 수 있는 인물이라고 생각했다.

박지호는 정말로 음악에 있어서 열정을 가지고 있었고, 그것은 앞으로 10년 동안이나 계속되니까.

그런 부분에 있어서 한지혁은 박지호를 충분히 존중할 수 있었다.

"오빠, 왔어?"

"응. 무대 의상인가 보네?"

"예쁘지? 체크가 생각보다 잘 어울리더라고. 근데 나 혼자만 좀 튀는 느낌이라서 걱정은 된다."

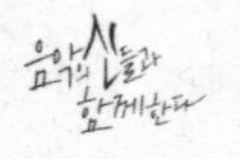

이하영이 살며시 웃으며 말했다.

전혀 걱정할 필요 없을 정도로 잘 어울렸다.

의상은 이하영의 이미지와도 맞으면서도 밝은 힙합 느낌까지 더해진 느낌이었다.

무대를 아직 못 봐서 어떨지 모르겠지만, 일단 박지호와 이하영이 함께한다는 것만으로도 기대가 되었다.

"안녕하세요. 스톤입니다."

"아, 안녕하세요. 한지혁이라고 합니다."

당장 오늘 무대를 소화해야 하는 참가자, 스톤이 조심스럽게 인사해 왔다.

한지혁은 딱히 스톤에게 큰 호감을 가지고 있지는 않았다.

정확히 말하자면, 스톤에 대해서 이렇다 할 정보를 듣지 못해서 제대로 아는 게 많이 없었다.

미래에도 사실 스톤은 한지혁으로서는 기억하기 힘든 행보를 이어 나간 것 같았다.

'우승을 한 것 같긴 한데…….'

뒤로는 방송 활동보다는 인디 활동에 더 집중을 한 모양이었다.

방송 활동을 했더라면 한지혁의 기억에 조금이라도 남아 있었을 테니 말이다.

"응원하러 와 주셔서 감사합니다."

박지호가 말을 했다.

한지혁이야 사실 구경하러 왔다고 해야 맞겠지만, 이하영을 응원하러 온 것도 맞았으니 그저 웃으며 고개를 흔들었다.

"아니에요. 하영이가 피처링을 한다고 해서 왔는데 박지호 선배님도 평소에 존경하고 있어서 기대하고 있습니다."

"좋게 봐주셔서 감사합니다. 이따가 무대 끝나고 다 같이 밥이라도 먹어요."

박지호가 웃으며 권유했다.

이하영도 함께 밥을 먹기로 한 것인지 한지혁의 팔을 슬쩍 쳤다.

"좋죠."

스케줄도 없었고, 여섯 번째 곡도 마무리를 하고 왔기 때문에 조급할 일도 없었다.

한지혁은 흔쾌히 그것을 수락했다.

"저희는 잠시 무대 준비하러 다녀오겠습니다. 하영이랑 계시면 될 것 같아요."

"넵. 감사합니다."

박지호와 스톤이 대기실을 빠져나갔다.

대기실에 남겨진 한지혁과 이하영은 동시에 고개를 돌려 서로를 바라보더니 웃음을 터트렸다.

"푸흡!"

"왜 웃어?"

한지혁이 웃으며 물었다.

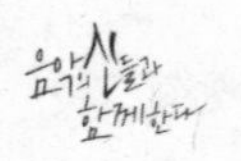

이하영이 고개를 흔들면서 입을 열었다.

"아니, 오빠 너무 어색해하는 거 아니야? 그리고 오빠도 웃었으면서 왜 나한테만 그래."

"나야 네가 웃으니까 웃은 거지."

한지혁의 말에 이하영은 못 말리겠다는 듯 픽 웃고는 대기실 한쪽에 자리하고 있는 소파에 앉았다.

"오빠 원래부터 지호 오빠 노래 들었어?"

"그럼. 트렌드 자체를 잘 따라가시잖아. 최근에는 거의 트렌드를 자기가 만든다는 느낌으로 곡을 만들고 있다는 느낌이 들더라."

아마 현 시점에서 한지혁보다 박지호의 노래를 많이 들어 본 사람은 없을 것이다.

한지혁은 지금까지 나온 박지호의 노래도 들었지만, 앞으로 10년 동안 나올 박지호의 노래도 들어 봤으니까.

앞으로도 박지호는 성공적으로 앨범들을 만들어 낸다.

당연히 음악 관련 종사자로서 민감하게 반응하며 많이 들어봤을 수밖에 없었다.

"확실히 좀 대단한 사람이긴 해. 오빠랑 좀 닮았어."

"나랑?"

"응. 오빠도 사실 음악에 미쳤다고 해도 좋을 정도로 음악만 엄청 열심히 하잖아. 지호 오빠도 자기 일 죽어라 빠져서 하거든."

“그런 거 좋지.”

한지혁이 말했다.

그의 말에 이하영은 어휴 하고 한숨을 내쉬었다.

“그러다 번 아웃 온다.”

“왜, 그런 말 있잖아.”

“어떤 말?”

이하영은 과연 한지혁이 무슨 말을 하는지 보자는 듯 고개를 장난스럽게 까딱거리며 한지혁을 바라보았다.

그런 이하영의 모습에 웃음을 흘린 한지혁은 말을 이어 나갔다.

“결국 언제든 쉬어 가야 할 타이밍은 온다. 근데 천재는 그 타이밍을 마지막에 마지막까지 미룬다. 그게 바로 천재다.”

“아, 그래서 오빠가 천재라는 거지?”

“아니 그런 건 아니고, 나는 천재가 되기 위해서 노력하겠다…… 뭐, 그런 거지.”

한지혁이 어깨를 으쓱거리며 말했다.

어쨌든 말은 이렇게 하더라도 그는 최대한 열심히 자신의 일을 하고 싶었다.

아직까지 그는 음악을 하는 것이 가장 즐거웠으니까.

그렇게 이하영과 대화를 나누고 있는데, 박지호와 스톤이 돌아왔다.

그들은 얼마 있지 않아 녹화 때문에 스탠바이를 해야 한다면서 금방 또 나갔다.

방송이 어떤 식으로 돌아가는지 잘 아는 이하영이나 한지혁은 당연히 그런 과정들을 다 이해했다.

"난 이제 가 볼게."

"응. 이따 끝나고 봐."

한지혁이 먼저 자리에서 일어났다.

그는 참가자도 아니었고, 심사 위원도, 그렇다고 피처링을 해 주는 인물도 아니었다.

그저 초대를 받은 것일 뿐이니, 특별 초대석에 가서 무대가 시작되기를 기다려야 했다.

〈쇼 미 더 비트〉의 무대는 2층으로 이루어져 있었는데, 2층에는 비교적 소수의 관객들이 있었다.

절반 정도는 참가자나 심사 위원의 관계자였고, 나머지 절반은 순수한 관객들이었다.

조심스럽게 관객석으로 들어서자, 아직 시작도 하지 않았는데도 열기가 뜨거웠다.

무대를 시작하기 전에 미리 힙합 음원을 틀어 주면서 관객들이 지루하지 않도록 배려해 주고 있었다.

'또 하나의 여왕'은 친숙한 느낌이라며 웃음을 보입니다.

'팝의 황제' 또한 나쁘지 않은 현장감이라고 중얼거리며 무대가 기대된다고 말합니다.

'여섯 현의 마법사'가 박수를 치면서 리듬을 탑니다.

음악의 신들의 메시지를 읽으며, 한지혁은 조용히 무대가 잘 보이는 곳에 자리를 잡았다.

어디에 가던 나름 잘 보이기는 했지만, 한지혁은 이하영이 어디에서 등장하는지 알고 있으니 그녀가 가장 잘 보이는 곳에 자리를 잡은 것이었다.

관객들이 전부 무대 쪽만 바라보고 있었기에, 한지혁은 자신의 마스크를 턱까지 끌어내릴 수 있었다.

슬쩍 눈치를 보니, 아무도 그를 신경 쓰지 않고 있었다.

안 그래도 마스크가 갑갑했는데 다행이었다.

이곳의 열기를 느끼며 기다린 지 얼마 지나지 않아 MC가 무대로 올라와 분위기를 띄웠다.

그는 투표 방식에 대해 간단히 설명을 하고는 몸을 돌렸다.

"그럼 바로 시작하겠습니다!"

MC가 마지막으로 외치고 무대를 내려가자마자.

두웅, 하고 거대한 북소리가 울렸다.

그 소리에 한지혁은 순간 심장이 멈춘 줄 알았다.

'뭐지?'

아주 단순한, 북소리 하나만으로도 사람을 이렇게까지 기대하게 만들 수 있구나 싶었다.

첫 번째 무대는 갑자기 나타난 슈퍼 루키라고 불리는 참가

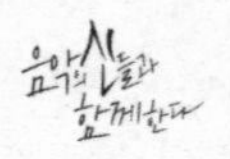

자의 무대였다.

한지혁은 순수하게 무대를 즐겼다. 그들의 음악에 대해 평가를기보다는 그냥 이 분위기 자체를 즐기고 싶었기 때문.

애초에 참가자가 무대를 하는 것은 약간의 미숙함이 있었다.

그래도 음악 자체가 나쁘지 않아서 즐기기에 부족함이 없었다.

첫 번째 무대가 끝나고 바로 다음 무대가 시작되었다.

후끈후끈 했다.

어두운 느낌의 공연장 자체가 하나의 불길이 된 것처럼 함께 호흡하고 있었다.

이하영의 콘서트를 함께 다니면서도, 한지혁이 데뷔 앨범을 내면서 몇 번 무대를 하면서도 느끼지 못했던 새로운 느낌이었다.

이렇게까지 관객들이 호응을 하면서 함께 호흡하는 공연이라니, 신기하기도 했고 동시에 욕심이 났다.

'힙합이라…….'

원래부터 조금 관심이 있었던 데다가 이렇게 무대를 직접 지켜보다 보니 더욱 마음이 갔다.

적어도 힙합을 하면 재미는 있겠다는 생각이 든 것이다.

처음에 클래식을 접했을 때와는 또 느낌이 달랐다.

클래식 연주회에 갔을 때는 뭔가 강한 충격을 받아 클래식에 대한 편견이 전부 사라졌었다.

그리고 그 사라진 편견을 메꾼 것은 도전 욕심이었다.

'한번 해 보고 싶다.'

클래식에 도전해 보았던 것 역시 수많은 음악에 적용할 수도 있겠구나 하는 생각이 들어서 시작을 하게 된 것이다.

물론 조금 고민은 됐다.

사실 당장 한지혁은 며칠 전까지만 해도 파가니니 국제 콩쿠르에서 바이올린을 연주하고 있지 않았던가.

힙합은 클래식과 거의 정반대되는 음악 장르 중 하나라고 봐도 좋을 정도로 특징이 서로 달랐다.

클래식과 비슷한 음악을 하는 것이 한지혁의 음악적 변화에 있어서는 더 좋을 수도 있다.

빠르게 적응할 수도 있는 데다가 비슷하면 쉽기도 할 테니까.

'하지만…… 그러면 재미는 없을 것 같은데.'

한지혁이 속으로 생각을 하며 볼을 긁적거렸다.

하고 싶다. 하지만 고민된다.

그게 지금 당장 한지혁이 가지고 있는 생각이었다.

그리고 그런 그의 생각은 바로 이어지는 세 번째 무대에서 바뀌었다.

세 번째 무대는 드디어 스톤과 프로듀서 박지호의 무대였다.

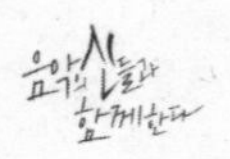

일단 가장 먼저 스톤이 혼자 무대로 올라가 자신의 노래를 시작했다.

전주는 잔잔했다. 피아노를 통해서 간단하게 울리는 전주는 거북함 없이 부드럽게 흘러나왔다.

그리고 조용히 끼어드는 스톤의 목소리.

나 지금 여기 홀로 있어.

그 누가 알까, 나를!

조용히 읊어 내듯 랩을 하던 스톤은 돌연 소리를 지르며 튀어 올랐다.

순간 조명들이 화려하게 빛을 발하며 비트가 내려쳤다.

프로듀서 박지호가 등장한 건 바로 그 순간이었다.

홀로 있지 않아, 너는!

그렇게 소리치며 등장한 박지호는 특유의 단단한 딕션으로 랩을 해 나가며 관객들을 매료시켰다.

한지혁도 작게 감탄을 흘리며 박지호를 바라보았다.

열심히 랩을 하는 박지호와 그의 주변에서 방방 뛰어다니며 추임새를 집어넣는 스톤.

무대 밑에서 환호를 보내기도 하고, 박자에 맞춰서 손을 올렸다 내리는 것을 반복하는 관객들.

그 모든 것이 한지혁을 사로잡았다.

가슴 속 피어난 꽃 하나.

이하영의 목소리가 온 무대를 울렸다.

한지혁은 그 순간 온몸에서 소름이 돋는 것을 느껴야 했다.

랩이라는 거친 장르의 음악에 잔잔한 이하영의 목소리가 끼어드는데 그게 이렇게 잘 어울릴 수 있다는 게 놀라웠다.

이하영과 박지호, 그리고 스톤이 무대에서 노래를 하는 것을 보며 한지혁은 결정했다.

'아, 다음은 힙합이다.'

그가 그렇게 결정을 내리자마자.

'서부의 고귀한 존재'가 당신을 바라보며 재미있다는 듯 웃음을 보입니다.

그가 나타났다.

다음 권으로 이어집니다

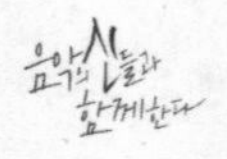